Kurt Wilhelm
*Der Brandner Kaspar
und das ewig' Leben*

Kurt Wilhelm

Der Brandner Kaspar
und das ewig' Leben

rosenheimer

9. Auflage
© 2023 Rosenheimer Verlagshaus GmbH & Co. KG,
Rosenheim
www.rosenheimer.com

Titelfoto: Fred Stillkrauth und Toni Berger in einer
Aufführung des Residenztheaters, München,
© Foto Sessner, Dachau
Satz: Buch-Werkstatt GmbH, Bad Aibling
Druck und Bindung: CPI books GmbH, Leck
Printed in Germany

ISBN 978-3-475-53493-5

Inhalt

Vorwort

Die Erzählung vom »Brandner Kasper« erschien 1871 in den »Fliegenden Blättern«. Franz von Kobell war damals 68 Jahre alt, seit 25 Jahren Witwer und, obwohl er mitten im tätigen Leben stand, wohl schon recht weise und abgeklärt.

Ihm war der Tod nicht ein schwarzer Engel oder eine erschreckende Naturgewalt. Für einen Jäger und Naturforscher wie ihn, der das bäuerliche, das einfache Leben kannte und es im Grunde selber lebte, hatte der Tod recht wenig Dämonie und Majestät. Er gehörte halt dazu, man machte nicht viel Aufhebens von ihm. Und nennt ihn respektlos den »Boanlkramer«. Eine recht abwertende Berufsbezeichnung, denn ein Kramer ist schließlich ein Händler, der nur im ganz kleinen Stil kauft und verkauft. Und »Boanl«, Knochen, Gebeine – das kann wohl nichts Wertvolles sein.

Im Märchen wird der Tod in den Apfelbaum gebannt. In anderen Sagen leitet man ihn in die Irre, um ihm zu entkommen. Man flieht vor ihm, wie vor jenem Tod in China, dem der Reiche zu Pferde davongaloppiert, um ihn schließlich dort zu treffen, wo er ihm entkommen zu sein glaubt. In Bayern geht es handfester zu, und Kobell macht sich eine hintersinnige Gaudi. Sein Boanlkramer kommt, wie im bäuerlichen Leben

7

die gewissen Bazi, die Viechhandler, Hochzeitlader und Schmuser, in die Bauernstube, um Geschäfte zu machen.

Und ein gutes Geschäft macht der Brandner denn auch mit ihm.

Franz von Kobell

Die G'schicht vom Brandner Kasper

Der Brandner Kasper is a Schlosser gwest und hat bei Tegernsee a kloas Häusl ghabt, hübsch hoch obn am Albach, wo mar auf Schliersee nübergeht. Da hat er ghaust mit sein Wei, die Traudl ghoaßn hat, und mit seini zwoa Buabn, mi'n Toni und mi'n Girgl; die san zeitli Soldatn worn und hamm in an Artollerie-Regiment dient in Land draußt. Der Kasper is a fleißiger, braver Mo gwest und lusti und schneidi. Gforchtn hat er ihm vor gar nix und hat amal an großn wininga Hund, der a Dirn umgrennt hat und hätt's zrissn, frei mit der Hand bei'n Kragn packt und hatn a so an a Mauer higworfa, dass er nimmer aufgstandn is, und 'n Hagmoar vo Scharling hat er sei Raffa und Spektaklmacha bei der Mess auf der Kaiserklausn aa vertriebn. Neben seiner Schlosserarbet hat er's Büchsnmacha guat verstandn und für d' Jaaga d' Stutzn gfrischt und zsammgricht, besser wia a Büchsmacha in der Stadt.

Is aa 's Jagn und 's Scheibnschießn sei größti Freud gwest und hat auf d'letzt überall jaagern derfa, denn der Forstmoaster hat an ihm an verlässinga Jagdghilfn ghabt und der nix kost hat.

Wier er auf die Jahr kumma is, is sei Traudl gstorbn, hatn recht gschmerzt, weil's gar a guats und taugsams Wei gwesn ist und jetzt hat er halt alloa für ihm a so furtglebt, und no in sein fünfasiebzigstn Jahr hat ihm weiter nix gfeit an der Gsundheit und hat gjaagert und gschossn wier a Fufzger. Jetzt sitzt er amal dahoam und hat ihm an Rechblatter zsammgricht und probiert, und überdem klopft's an der Tür.

Denkt er, wer muaß denn da draußt sei, denn des Aklopfa is bei ihm nit Brauch gwest und ruaft nacha: »No eina!« Jetzt kommt da an elendiger Loda rei, zaundürr, dass er grad klappert hat und bloach und hohlauget, an abscheuliga Kerl.

Der Kasper sagt: »Was geits, was willst?«

Na der ander: »Kasper, i bin der Boanlkramer und ho di fragn wolln, ob d' net ebba mit mir geh willst?«

»So? Der Boanlkramer bist, na Bruder, i mag nit mitgeh, gfallt mir no ganz guat auf der Welt.«

»Denkt hab i ma's«, sagt der Boanlkramer, »aber holn muaß i di do amal, was moast ebber in Frühjahr?«

»Waar nit aus in Fruajahr, wo der Ho'falz is und der Schnepfastrich und die kloan Vögerln am schönsten singa, na, dees war ma zwider.«

»Oder in Summa?«

»Nix Summa, da hon i mit der Rehbirsch Arbet und is aa z'hoaß.«

»Oder in Hirgscht?«

»Ja was fallt dir denn ei, ha narret, soll i d' Hirschbrunft hintlassen, und die Klopfeter und 's Oktoberschießn, waar nit aus!«

»No also, nacher in Winter?«

»Da mag i aa nit, schau 's Fuchspassen und 's Moderausjagn is mei extragi Freud und is in Winter aa z' kalt.«

»Ja, willst denn du ewi lebn? Dees tuats nit, Kasper.«

»Boanlkramer, i will dir was sagn, mei Vater selig is

neunzg Jahr alt worn, und so alt will i aa wern, na kost mi abholn. Aber i glaab, es is gscheiter als die Rederei da, wann d' mit mir a Glaasl Kerschngeist trinkst, i hon an recht an guatn, und du schaugst ja so elendi aus und sper, dass dir a Glaasl gwiß guat toa werd, und a paar Kirternudl hon i aa no dazua.«

Und so geht er an a Wandkastl hi und holt a Flaschl raus und a paar Glaasln und die Nudeln, 'n Boanlkramer is ebbas selles no nit passiert, und er setzt s' an Tisch hi und probiert den Kerschngeist. Der hat eahm woltern gschmeckt und d' Nudl aa, und da trinka die zwoa (der Kasper hat fleißi eigschenkt) und der Boanlkramer is ganz lallert worn; hat aber do alleweil vo die neunzg Jahr ebbas abahandln wolln.

Da sagt der Kasper: »Woaßt was, mach mar a Gschpielei drum, pass auf!«

Und geht wieder an dees Kastl, da ist a Kartn glegn und der Grasober just obndrauf. Den schiebt der Kasper in sein Joppnirmi und legt na d' Kartn auf'n Tisch. »Jetzt heb dir a Häuferl aba, Boanlkramer«, sagt er, »dees is des dei, und dees ander is des mei. Wann jetz du in dein Häuferl 'n Grasober hast, so gehn i mit dir wann d' magst, wann aber i den Grasober in mein Häuferl ho, so derfst ma nimmer kemma, bis i neunzg Jahr alt bi.«

Der Boanlkramer, der scho an bissl an Dampes ghabt hat, hat glacht und hebt ihm an woltern Toal ab und sagt: »Wegn meiner, es gilt«, denn er hat ihm denkt, weil er die mehrern Kartn ghabt hat, kunnt leicht der Grasober dabei sei.

Wie er jetzt seini Karten nachanander aschaugt, steckt der Kasper hoamli den Grasober in sei Häuferl nei, und wie der Boanlkramer mi'n Aschaugn firti gwest is, broat der ander vor ihm sei Kartn, und da geht halt richti aa der Grasober her.

»Verdammti Gschicht«, sagt der Boanlkramer, aber der Kasper lacht und sagt: »Trink no a Glasl und lass ma den Neunzger lebn!«

»I ko nix macha«, sagt der Boanlkramer, »aber ebber reut di dei Glück amal, und wanns a so is, derfst mi grad ruafa, bin nacha glei da.«

»Hat guati Weg«, sagt der Kasper, und wie der oa na furt is, hat er ihm no nachgruafa, er soll fei Acht gebn, dass er nit in Bach einifallt – und is mit den Bsuach ganz zfriedn gwest.

San schlechte Zeitn kemma, der Tiroler Krieg is ausbrocha und hat alle Leut derschreckt. Es ist a böser Krieg gwest, und grausi is's herganga bei Schwatz und auf'n Berg Isel, und viel boarischi Soldatn san blieben selm, und 'n Kasper seini Süh, die er so gern ghabt hat, hat's aa derwischt. Was hat's gnutzt, dass s' globt worn san in Rapport, dass s' überall so schneidi garbet hamm, der Kasper hat's halt nimmer gsehn und is ihm nachet ganga.

Anderni traurigi Sachan und Zwiderheitn san agruckt, fremdi Leut san daherkemma, hamm überall 's Holz zsammakaaft und zsammagschlagn: natürli hamm sie die altn Wildwechsl, die er so guat kennt hat, verändert und is mit 'n Wildprat aa weniger worn, und d' Wildschützen san mehra worn, wie's allzeit geht, bal a Kriag is.

Der Kasper is freili net leicht verzagt worn, aber an diewein hat ihm do d'Welt nimmer recht gfalln, und na hat er wohl aa an Boanlkramer denkt und was der gsagt hat von »ruafa«, aber gruafa hat er'n dengerscht nit.

Jetzt is ebbas Bsunders gschegn. A Sennderinn auf der Gindlalm is von a wildn Stier gstocha worn und is glei dahin gwest aa.

Derwei aber ihri Leut gwoant und gjammert hamm, is dees Diendl ganz frisch und wohlauf an der Himmiportn gstandn, hat gar nit gwisst, wie's hikemma is.

Der Portner, der Petrus, hat's glei dersegn und hat's Türl aufgmacht, dees nebn der großn Portn gwest ist. Er hat an langa graabn Rock aghabt und a blobi Bindn um d' Schulter und 's Diendl hat'n verwundert groß angschaut.

»Grüß di Gott, Diendl«, sagt er, und weil's a bildsaubers Diendl gwest is, hat er ihm denkt, die is taugsam für an schön Engl.

»Ja, wo bin i denn?«, sagt sie ganz derschrocka.

»Im Himmi bist«, sagt der Petrus, »und wer di glei eiweisn lassn ins Paradies, aber zerscht sag ma, wo kimmst denn du her?«

»I bi vo Tegernsee dahoam und Sennderin gwest auf der Gindlalm.«

»Ja na kennst ebber aa 'n Brandner Kasper?«

»Den altn Kasper moants, wer werd den nit kenna! Er kehrt oft ei in meiner Hüttn, wann er auf d' Jagd geht.«

»Geht er no auf d' Jagd, muaß ja scho an achtzger sei?«

»Ja wißts es, asitzn tuat er halt die mehra Weil, 's Birschn geht freili nimmer recht, aber sonst is er no guat bei'n Zeug.«

»Schau, schau, er sollt scho da herobn sei, i wart alli Tag drauf.«

»Derft's scho no a Wei wartn«, sagt's Diendl, »bals wahr is, was an diem oa verzählt hamm.«

»No!? was is denn des?«

»Sie sagn halt, i glaab's aber nit, der Kaspar hätt amal mi'n Boanlkramer kart und hätt der verspielt und derfet 'n derntwegn vor sein neunzigstn Jahr nit furtnehma vo der Welt. Der Kasper is a Lustiger und hat ebba die Gschicht amal oan aufbundn.«

»Wer woaß, wer woaß«, sagt der Petrus, »kunnt ebbas dra sei, da muaß i aufpassn. Aber Diendl, jetz geh da eini, i schick dir glei an Engl nach, der di weiterführt. Du hast brav und frumm glebt auf der Welt, schau, derntwegn bist jetz aa in Himmi herobn.«

Und 's Diendl bidankt si und kusst ihm d' Hand und geht hi, wo er ihr hideut hat; der Petrus aber schreibt glei a Vorladung an Boanlkramer und schickt's ihm. Den ändern Tag in aller Fruah is der Boanlkramer daherkemma ganz untertäni und demüti, dees just nit alleweil sei Sach gwest is.

»Habt's mi ruafa lassn, Herr Portner«, sagt er, »soll i Enk was bsorgn?«

Der Petrus schaugtn a Weil ernsthaft a, na sagt er: »Boanlkramer, was muaß i vo dir hörn? Du führst di schö auf, spielst mi'm Brandner Kasper ums Leben und verlierst no obendrei! Was san dees für Sachan, wie kost di so ebbas untersteh?!«

»Ja schaugt's«, sagt der oa, »woaß ja, dass der Kasper da rauf kemma soll und weil's a so gnua Leut herobn habt's, hon i mir denkt, es macht nix aus, wann er a bissl spater kimmt.«

»An dees hast aber nit denkt, dass mit meiner Buach-
führung nix zammageht, bal an iader raufkimmt,
wann er mag. Der Kasper ist auf achtzgi eine-
gschriebn, is schö gnua, und jetz is er scho drüber,
und du gibst ihm gar neunzgi!« Der Boanlkramer hat
was sagn wolln, aber der Petrus hatn ganz fuchti
agfahrn: »Staad bist, und glei gehst abi und bringst 'n
Kaspern rauf, oder i jag di aus 'n Dienst.«
Da hat ihm der Boanlkramer nix mehr zsagn traut
und is ganz dasi abgschobn. Die Gschicht hat'n
gwalti verdrossen.
Mei Wort hon i'n Kaspern gebn für die 90 Jahr, hat er
denkt, und jetz soll i's nit haltn, es mag mi a so koa
Mensch auf der Welt, und wann's aufkimmt, dass i an
schlechtn Kerl gmacht ho, na derf i mi ninderscht
mehr sehgn lassn. Und hat ihm halt bsunna hinum
und herum, wier er aus den Handl kemma kunnt.
Er is aber alleweil an adrahter Schlankl gwest, und so
is ihm richti was eigfalln. Dees probierst, hat er ihm
denkt, spannt sei Wagerl a und fahrt zum Kaspern.
Der hat sei Pfeifei graacht und just d' Zeitung glesen.
Wie der oa reikimmt, hat der Kasper sei Brilln vo der
Nasn abagschobn und schaugt halt, wer's is.
Er hat aber 'n Boanlkramer gschwind derkennt, denn
der is no grad so zaudürr gwest und der nämlichi
Häuter, wie's ersti Mal, wo er'n gsehn hat.
»Ha, was willst denn du?«, hat er gsagt. »I ho di nit
gruafa, und was ausgmacht worn is, werst aa no
wissn, oder willst an schlechtn Kerl macha?«
»Nix, nix, fallt mer nit ei, und i woaß, dass d' no neun
Jahr guat hast, da feit si nix. I ho just in der Nach-
barschaft a kloas Gschäft ghabt, und da hon i di

17

bsuacha wolln und schaugn, was d' machst. Und weil i mei Wagerl da ho und auf a Platzl fahrn muaß, wo ma gar schö ins Paradies einischaugn ko, so is mar eigfalln, dass i dir dees sagn will, wann d' ebba mitfahrn wolltst.«

»Na, i dank dir recht schö«, hat der Kasper gsagt, »i bi nit so neugieri, wie d' moast, und bi lieber dahoam, wo i mi auskenn, als an an fremdn Ort, wo i nit woaß, wie's is.«

»Ja«, sagt der oa, »du moast ebba, dass d' dort bleiben sollst, wo i di hiführ. Vo dem is koa Red, es ist a Spazierfahrt und in an Stündl san ma wieder da, denn mit mein Rössl geht dees leicht.«

»Und ko ma wirkli ins Paradies einischaugn?«

»Ja, versteht si, wann i's amal sag.«

»Und in an Stündl san ma wieder da?«

»Wann di nit lang dort aufhaltn willst, dees steht bei dir, san mer in an Stündl wieder da, so wahr i Boanlkramer hoaß.«

Jetzt hat 'n Kaspern die Gschicht do begieri gmacht; auf a Stündl kann er ja mitfahrn und a weng einischaugn ins Paradies, von dem er scho so viel ghört hat. – Und er holt sein guatn Freund, 'n Kerschngeist, her und schenkt a paar Glaasln ei.

»Wegn meiner«, sagt er, »Boanlkramer, i fahr mit, und du bringst mi wieder her! Da trink, es is frisch draußt.« Und sie stößn a und trinka, und na san s' naus. Da is a schwarzs Wagerl gstandn wier a Trucha und a Rappi agspannt. Sie steign ei, der Boanlkramer schnalzt mit der Peitschn, und jetzt san s' dahigsaust, dass der Kasper kaam 'n Hut derhebt hat und is ihm Hörn und Segn verganga. Als wann s' der Sturm davotraget, san s' dahi, und auf amal is 's finster worn und san Blitz umanandagfahrn unter ihna und ober ihna und hat dunnert und kracht, dass der Kasper gschrien hat.

»Was is dees? Kehr um, kehr um!«

Da hat ihm der Boanlkramer ins Ohr neigruafa: »Da hoaßt ma's bei die schwarzn Wolkan, da san die Dunnerwetter z'Haus, mir san aber glei durch, derfst di nit ferchtn.«

Und richti is's gschwind wieder liacht worn, und sie haltn vor an großn, großn Gschloss in schönstn Sunnaschei. An den Gschloss is a goldes Tor gwest, und bei'n Seitntürl hat der Boanlkramer agläut und is glei der Petrus rauskemma.

»No Kasper«, sagt er, »bist amal da, jetz geh no glei eina, i wer dir's Paradies zoagn und werst a Freud dra habn.«

Und nimmt 'n Kaspern bei der Hand und führt 'n eini, aber der Boanlkramer hat draußt bleibn müssen. Und die zwoa stenga jetz in an weitn Saal mit durchsichtigi Wänd wie gschliffas Spiegelglas, und da hat ma weit nausgsegn in an Gartn mit die schönstn Bloamen in alli Farben und mit großi Baam voll Äpfi und Birn und Pfersi und Pomerantschn grad a Pracht, und der Kasper hat nit redn kinna vor lauter Verwunderung. Und in den Gartn san die schönstn Engl rumgwandelt mit silberni Flügl und glanzedi Kranzin in Haar und danebn aa viel, viel Leut, und auf amal springa zwoa Burschn daher und juxn und ruafa: »Ja, grüß Gott, Vater, Vater, grüß Gott!« und er derkennt sein Girgl und sein Toni.

»Jesses, meine Buabn«, schreit er und fallt ihna um'n

Hals, und da schau! sei Traudl kimmt a daher und sei Vata und Muatta und a ganz Rudl vo seiner Freundschaft, und is a »Grüß Gott« gwen hinum und herum und a Freud, dass ihm der Petrus, der zuagschaut hat, d'Augen gwischt hat.

Und in den Gewurl fliegt auf amal a kloaner Engl daher und sagt zum Kaspern: »Kasper, der Boanlkramer lasst Enk sagn, er fahret jetz wieder abi, ob's mitfahrts?«

»Na, liebs Bubi«, sagt der Kasper. »Sag ihm, er soll no alloa fahrn; i bleib da und will nix mehr wissen vo der Welt drunt, und sag Herr vergelt's Gott tausendmal, dass ma die Gnad worn is, dass i da her kemma bi.«

Dees is die Gschicht vom Brandner Kasper.

Entstehungsgeschichte

Diese Erzählung gehört zu den Klassikern bayerischer Literatur. Denn neben der Tatsache, dass sie in bayerischer Sprache geschrieben ist, nicht im Esperanto der deutschen Stämme, in Hochdeutsch, ist die Fabel eine von jenen mit dem Ewigkeitszug, eine jener Geschichten, die ohne einen Umweg über Verstand und Ästhetik direkt zu Herzen gehen.

Die Idee, diesen Stoff zu dramatisieren, lag nahe. Die erste Szene mit dem Boanlkramer ist bei Kobell schon plastisch da. Wenn auch der Dialog nur angedeutet ist, die Figuren sind charakterisiert, der Verlauf ist gegeben. Die erste und erfolgreichste Bühnenfassung stammt aus dem Jahre 1934, von dem Münchener Schriftsteller Josef Maria Lutz, der die Kobell'sche Erzählung in eine Art szenischen Bilderbogen verwandelte. Er hielt sich, so eng es ging, an die Vorlage und ließ sogar hinter der Szene teichoskopisch Schlachtenvisionen und den Tod der Buben geschehen. In einem polemischen Vorwort wies er darauf hin, er sei der gängigen Bauernschwänke, der Dorfdeppenkomödien so überdrüssig, dass in seinem Stück humoristische Zutaten, besonders in den Himmelszenen, nicht erwünscht seien. Es dürfe keine Gaudi werden, es müsse ein bodenständiges Volksstück sein.

Bald darauf wurde aus dem Stoff eine »bäuerliche Spieloper«. Eduard Stemplinger, der dem Horaz in die Lederhosen verhalf, der sein philologisches Wissen und Können in den Dienst einer behaglichen bayrischen Fröhlichkeit stellte, schrieb »Tegernseer im Himmel«, und Gottlieb Rüdiger komponierte die Musik dazu. Die Handlung wurde aufs Einfachste reduziert. Der Boanlkramer kommt gar mit einem kleinen brummenden Flugzeug daher und singt ein knarrendes Auftrittscouplet, wobei Stemplinger seltsamerweise nirgendwo Kobell'schen Text verwendet. Auch diese Bühnenversion war erfolgreich, sie wird da und dort an Bauerntheatern heute noch gespielt.

Den breitesten Publikumserfolg hatte indes nach dem 2. Weltkrieg der Bavaria-Tonfilm »Der Brandner Kaspar schaut ins Paradies« mit Carl Wery und Paul Hörbiger in den Hauptrollen, Regie Josef von Baky, Musik Alois Melichar. Das Drehbuch schrieb Erna Fentsch-Wery nach Motiven von Kobell und Lutz. Sie hat als versierte Dramatikerin dem epischen Stoff der Erzählung Neben- und Gegenhandlungen hinzugefügt und dies in so hervorragender Weise, dass hier zum ersten Mal die Umwelt des Brandner Kaspar in die Handlung einbezogen wird, die Menschen um ihn, die Welt um den Tegernsee. Die Natur, der Wald, die Berge und die Jägerei spielen mit.

In dieser realen bayrischen Welt erscheint die skurrile Figur des Boanlkramer doppelt seltsam und fremd – die Sympathie der Zuschauer ist ganz auf Seiten des Brandner, der diese Welt um keinen Preis verlassen will, der als ein kerngesundes Mannsbild den

Boanlkramer betrügen muss, weil das Recht auf Seiten des Lebens ist. Erna Fentsch hat auch den zweiten, großartigen und entscheidenden Einfall gehabt: Der Himmel der Bajuwaren sieht so aus wie das Land Bayern auf Erden. Unser Diesseits ist schon das Paradies! Für die Spielzeit 1974/75 suchte das Münchener Residenztheater einen »bayrischen Klassiker«. Es gibt deren leider nicht viele. Dietrich Thoms, der bayrischste Berliner am »Resi«, schlug Intendant Kurt Meisel den »Brandner Kaspar« vor. Aber die vorliegenden Fassungen wären für den durch Fernsehen und Theaterentwicklung veränderten Geschmack des heutigen Publikums nur mehr bedingt verwendbar gewesen. Eine neue Dramatisierung war vonnöten.

So fiel mir die Aufgabe zu, aus der Kurzgeschichte ein abendfüllendes Theaterstück nach den Regeln der Dramaturgie aufzubauen. Das Thema war mir seit Kindheit vertraut. Als Nachfahre der Kobells (der Dichter war mein Ururgroßonkel) kannte ich die Werke meines Ahnherrn recht genau. Ich ging also einen anderen Weg als meine Vorgänger und nahm neben der Erzählung auch die Gedichte, die Prosa und sämtliche erreichbaren Schriften des Franz von Kobell vor. In ihnen fand ich viele für meinen Dialog verwendbare Gedanken und Formulierungen. Ich erfand Nebenhandlungen, um den Stoff nach den Gesetzen des Theaters korrekt aufbauen zu können. Aber auch bei diesen Zutaten bediente ich mich weitgehend Kobell'scher Formulierungen und Gedankenketten, der von ihm beschriebenen Welt der Jägerei, der G'stanzl, der philosophischen Betrachtungen über Tod und Jenseits, Zeit und Leben. So spricht überall, wo es nur irgend möglich war, der bayrische Klassiker Franz von Kobell mit seinen eigenen Worten. Lediglich in den Himmelsszenen habe ich mir ein wenig Freiheit genommen. Da war Kobells Vorlage zu schmal, da erlaubte ich mir einige Gaudi mit historischen Personen. Das Stück wurde am 5. Januar 1975 vom Bayerischen Staatsschauspiel in München uraufgeführt und brachte es in den ersten 7 Monaten auf immerhin 50 ausverkaufte Vorstellungen, die bewiesen, dass das alte Bayern heute eine große Schar Anhänger besitzt.

Die nachfolgende Bühnenfassung ist der etwas erweiterte Text dieser Aufführung.

Kurt Wilhelm

Franz von Kobell
Kurt Wilhelm

Der Brandner Kaspar und das ewig' Leben

Komödie in sieben Bildern

Personen

Im Diesseits:
Kaspar Brandner, 72 Jahre, Schlosser, Häusler, Jagdhelfer.
Marei, seine Enkelin, 21 Jahre.
Florian, Tagelöhner in Albach, 24 Jahre.
Simmerl, Jäger in Diensten des Herzogs in Bayern, 28 Jahre.
Alois Senftl, Bürgermeister von Albach, 50 Jahre.
Theres, Bäuerin aus Schliersee, Tante der Marei, 55 Jahre (zu spielen von einer wesentlich jüngeren Darstellerin).
Ein G'stanzlsänger.
1. Bauernbursch.
2. Bauernbursch.
Drei Jäger.
Musiker.
Herzoglicher Hornist.
Ein Gendarm.
Festgäste.

Im Jenseits:
Der Boanlkramer.
Der heilige Portner.
Der fast heilige Nantwein.

27

Johannes Turmair, unter dem Namen Aventinus
berühmter Historiker um 1540.

Michael, Erzengel voll Grant und Grazie.

Afra, eine junge Selige (gespielt von der Darstellerin
der »Theres«).

Der alte Senftl, Posthalter aus Kreuth (gespielt
vom Darsteller des Bürgermeisters Alois Senftl).

Hans-Joachim von Zieten, General der Husaren.

Selige des bayrischen Paradieses, möglichst im
Kostüm und in Gestalt der Figuren von Ignaz
Günther.

1. Bild

Die Szene stellt eine Waldlichtung dar. Im Hinter-
grund sieht man in der Tiefe den Tegernsee liegen.
Abendstimmung im Frühjahr. Es war ein schöner
Tag, die Vögel singen, das Licht wird golden, es fällt
in breiten Bahnen zwischen den Bäumen durch, trifft
und beleuchtet den großen Holzstoß, der in der Mitte
der Bühne sich befindet.
Man hört zunächst eine kurze Ouvertüre, von den
Jagdhörnern gespielt. Sie leitet über in Jagdsignale von
verschiedenen Seiten. In einiger Entfernung Hunde-
gebell, Rufe, Unruhe der Jagdgesellschaft. Hornrufe
antworten. Man hat den Eindruck einer großen Jagd,
bei der etwas Unvorhergesehenes passiert ist. Jetzt fal-
len einige Schüsse.
In der Mitte der Bühne steht neben dem Holzstoß ein
herzoglicher Hornist in reicher Livree und bläst aus
Leibeskräften das Signal: »Hirsch tot«. Gleich darauf
kommt, mit allen Anzeichen devoten Entsetzens, der
Bürgermeister des Dorfes Albach, Alois Senftl, gelau-
fen, ein Mann von etwa 50 Jahren mit einem zu sei-
nem hageren Gestell nicht recht passenden Hänge-
bauch. Sein Gesicht ist vor Aufregung gerötet, der
Schnauzbart scheint sich zu sträuben. Senftl, der Cho-
leriker, der Karrieremacher, der Dorfintrigant, trägt
Jagdkleidung und Leuten des Herzogs gegenüber ein

devotes Wesen zur Schau, während er die Bauern und das übrige niedrige Volk anzuherrschen beliebt.
Derzeit buckelt er. Der Hornist ist zwar nur ein Bedienter, aber er trägt immerhin herzogliche Livree.

Senftl Nix »Hirsch tot«! Aufhören die Blaserei. Saudumm is' gangen. Unser Herzog lasst dem König von Belgien den Schuss, – pumps – der Hirsch stürzt, – Applaus, – die hohen Herrschaften begeben sich, – springt da net des Viech auf und lauft davon, weil's grad a Prellschuss war. Ein Prellschuss!! An Blaserer bräuchert ma jetzt: »verfolgen die Spur«, weil ma'n finden müassen, sonst derf ich'n ausbaden, dem Herzog sein Grant. Kruzinesen, muaß denn alles hin sein.

Der Hornist bläst ein Signal, Hörner hinter der Szene antworten. Beide laufen während Senftls Suada hinaus. Einige Jagdteilnehmer rennen, auf der Suche nach dem Hirsch, kopflos deutend über die Bühne.

1. Jäger Da –!
2. Jäger Dorten –!
3. Jäger Herr Bürgermeister –!
1. Jäger Herr Bürgermoaster –!
2. Jäger Nur nach!
3. Jäger Burgermoasta!
2. Jäger Wo aus?
1. Jäger Da nauf is er –!

*In heller Aufregung rennen die Jäger hinaus. Mit ih-
nen war ein Treiber gekommen, ein kleines, zartes
Männchen mit einem zu großen Hut, Lederhosen
und einem Umhang, der ihm ebenso wenig passen
will wie die großen Stiefel. Dieses Männchen ist ein
junges Mädchen namens Marei, das sich als Treiber
verkleidet hat. Sie steht im Vordergrund und freut
sich, denn ein junger Bursch ist auf die Bühne gekommen. Er heißt Flori, trägt ebenfalls die einfache,
grobe Kleidung der Treiber und wendet sich jetzt aufgeregt an Marei, die grinsend ihm den Rücken zu-
wendet und darauf wartet, ob er sie erkennt.*

Flori He! – Burgermoaster! Senftl! – *(zu Marei)* Wo is er denn, du? – I hab g'sehn,
wo der Hirsch naus ist.

Marei *(abgewendet mit tiefer, verstellter Stimme)* Soso.

Flori Durch'n Bach. Da verlieren die Hund
die Spur, aber i könnt mir denken, wo
er eppa z' finden waar.

Marei Soso.

Flori *(hat Marei erkannt, grinst, verändert
den Ton)* Und für a guate Belohnung, –
hm?

Marei Jaja!

Flori Was sagst? *(er geht auf sie zu)*

Marei A Geld braucht a jeds, sag i.

Flori Auch a g'wisse Marei? *(zieht ihr den
Hut ab, Mareis lange Haare kommen
zum Vorschein)*

Marei Herrschaft, hast mi doch kennt.

31

Flori Nacher net. Ja, du Anten, wie schaust
denn du aus? Als Treiber gehn is fei ver-
boten für Weiberleut.

Marei I hab mir denkt – der Gmoadiener is so
kurzsichtig, i verdien mir die 50 Heller
den Tag, grad so wie du. Und wennst an
g'wissen Flori triffst, hab i mir denkt –
(sie lächelt ihn an)

Flori Hast dir denkt?

Marei *(lieb)* Freust di an sei'm dummen
G'sicht.

Flori Dumm, hast dir denkt? *(er grinst)*

Marei Eppa net? Saudumm, sogar!
*(Sie strahlt ihn verliebt an. Flori küsst
sie. Schüsse. Hundegebell.)*

Marei Sie kommen daher. I druck mi besser, im
Fall es doch koane Kurzsichtigen san –

*Marei hat den Hut wieder aufgesetzt und die langen
Locken versteckt. Sie sieht nun wieder wie ein lustiges
Wurzelmanndl aus. Flori schaut ihr verliebt nach, als
sie davonläuft, dann geht er rasch nach der anderen
Seite ab. In der Nähe fällt ein Schuss. Die Bühne ist
noch einen Augenblick leer, dann stolpert der Brandner Kaspar herein. Er ist 72 Jahre alt, von jener
gedrungenen, drahtigen Statur, wie sie die zähesten
unter den zähen Bayern auszeichnet. Auf den ersten Blick ein unscheinbarer Mann, erweist sich der
Brandner Kaspar beim näheren Hinsehen als eine jener stillen Persönlichkeiten, die ob ihres Humors, ihrer Gescheitheit und ihrer Gelassenheit bald überall
zum Mittelpunkt werden, ohne dass sie ein Aufhebens*

davon machen. Der Brandner Kaspar hat, das sei ausdrücklich vermerkt, bei der göttlichen Verteilung des Humors offensichtlich dreimal »hier« geschrien. Er ist ein ausgesprochenes Schlitzohr, einer, dessen höchste Freud es ist, seine Mitmenschen in gutmütiger Weise zu »tratzen«, der keine Gelegenheit versäumt, einen Spaß oder Scherz zu machen. Dabei wird er nie zum Gaudiburschen. Er spielt sich nicht in den Vordergrund. Seine Streiche sind vielmehr so geartet, dass er unbeteiligte Randfigur bleibt, während sich seine Opfer plötzlich in spaßige Situationen versetzt sehen, in denen sie falsch oder unzureichend reagieren, weil ihnen keine Wahl bleibt. Das freut dann die Mitwelt und den Brandner ganz besonders. Im Augenblick allerdings ist von Brandners Humor nichts zu bemerken. Er presst die Hand aufs Ohr, wo eine Wunde blutet, ist völlig verstört und ratlos, dazu wütend. Er trägt, wie die anderen Treiber und Jagdgehilfen, ein altes, unscheinbares Lodengewand zur Lederhose.

Brandner   Anhalten! Steh' bleiben!! – I hab di scho
                g'sehn – feiger Kerle! Aufrecht geherte Leut anschießen. Verkriech di net im Hinterhalt, du, hab die Schneid!
                Brandner schaut hinter den Holzstoß, findet dort niemanden. Entdeckt Blut an seinem Ohr. In die Stille hinein wird ein ferner, dunkler Musikakkord hörbar.

Brandner   *(verstört)* Wer schießt denn auf mi und
                verschwindt'? Und warum? – Heda –

Flori   *(kommt gelaufen)* Kaspar! Is dir was
                g'scheng?

Brandner   *(klammert sich in seiner Angst an Floris Arm)* Woaßt, i hab's pfeifen g'hört und g'spürt wie an Schlag.

Flori   *(untersucht die Wunde)* A Schuss hat di g'striffen. Da kannst a Kerzen stiften.

Brandner   An Stich hat's mir geben – da – *(deutet aufs Herz)*. – Jetzt is's aus, hab i denkt, drah mi um und – lass dir sagn – steht da net einer nah hiebei, halb hinter einer Nussstaudn, nah zum Greifen, und doch hab i'n net guat dersehng.

Flori   Hast'n net kennt?

Brandner   Ja – naa. A schwarzer Kerle war's, hohlaugert und sper.

Flori   A Jager, a fremder?

Brandner   Den Moment war er wie vom Erdboden g'schluckt. I greif in die Stauden – nix, – renn danach, weil's mir war, wie wenn's da hintern Holzstoß g'huscht sein könnt – und abermaln nix –. Schaug selber. – Meinoad, i bin noch ganz durchanand.

Flori   *(sucht)* Ninderscht zum Sehng. Des war a Jager, da wett i.

Brandner   Moanst?

Flori   Und solcherne Lalli g'hörert a Lehr verpasst, fürn Leichtsinn. Schießen, wenn Leut davor san!

Simmerl   *(ruft hinter der Szene)* He, wer strawanzt mir da umanand im Schussfeld.

Flori   Der Simmerl? Der allerdings schießt wia a Wildsau, wenn si wo was rührt.

34

○ Ein Hallodri
wandelt sich
€ 16,95 [D]

○ Von Freiheit u.
Wundern
€ 22,- [D]

○ Denk dir nix
€ 19,95 [D]

○ Almrausch
€ 16,95 [D]

○ Wunderbares
Stricken
€ 16,95 [D]

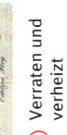

○ Verraten und
verheizt
€ 19,95 [D]

○ Ohne Panzer
ohne Straßen
€ 19,95 [D]

○ Schloss Nymphenburg
€ 19,95 [D]

○ Schloss Herrenchiemsee
und die Fraueninsel
€ 19,95 [D]

info@rosenheimer.com · www.rosenheimer.com · Tel: 08031 2838 0 · Fax: 08031 2838 44

Name _____

Straße/Hausnummer _____

PLZ/Wohnort _____

Telefon _____

E-Mail _____

Ich möchte die rückseitig angekreuzten Bücher **kaufen** und **portofrei** (innerhalb Deutschlands) zugesandt bekommen. Ebenfalls das kostenfreie Verlagsprogramm – bis auf Widerruf. Meine Bezahlung erfolgt auf **Vorkasse**. Ich habe **14 Tage Zeit**, um den Auftrag zu **widerrufen**. Meine Daten werden nicht an Dritte weitergegeben.

Unterschrift: _____

 **rosenheimer**

www.rosenheimer.com

Rosenheimer Verlagshaus

Am Stocket 12

D-83022 Rosenheim

Brandner	Sollt der die Lehr haben?
Flori	Na, der vor alle.
Brandner	*(freut sich auf einen neuen Streich)* Den tratz ma, des gibt a Gaudi. Pass auf und spiel mit. Bliat's noch?
Flori	Jaja!

Brandner kichert vor lauter Vorfreude, als er sich malerisch auf den Holzstoß platziert und zu jammern beginnt. Flori kniet neben ihm, mimt Krankenpflege und hat ebenfalls Mühe, das Lachen zu verbeißen. Der herzogliche Jäger Simmerl tritt ein. Ein hochgewachsener, stattlicher Mensch, der im Gegensatz zum Brandner bei der Verteilung des Humors völlig gefehlt haben muss. Diese Humorlosigkeit lässt ihn hilflos werden, wenn's rundum lustig wird. Er wehrt sich dann mit einer gewissen Grantigkeit, die seine Hilflosigkeit überdecken soll. Es mag an dieser Humorlosigkeit liegen, dass er trotz äußerer Vorzüge und seiner gut dotierten sicheren Position als herzoglicher Jäger noch keine Frau hat. Er warb jahrelang um Brandners Enkelkind, ums Marei. Sie war ihm gegenüber stets freundlich und herzlich. Als Hochzeiter indes wäre er für sie niemals in Frage gekommen. Schon gar nicht, als sie vor Jahresfrist den Flori traf, einen Bauernsohn, dessen Vater verwirtschaftet hatte und der sich nun als Taglöhner durchschlagen musste, stets auf der Suche nach einer guten Gelegenheit, wieder ein ehrengeachteter Bauer zu werden, denn der Taglöhnerstand war um 1850 nur recht gering angesehen. Der Simmerl – recte Simon – sieht die lazarenische Szene vor sich, erschrickt zutiefst und sucht gleich-

zeitig das Erschrecken zu verbergen. Seiner eigenen Schießkünste durchaus bewusst, ist ihm sofort klar, dass nur ein Fehlschuss aus seiner Büchse Brandner getroffen haben kann. Demgemäß ist er augenblicklich schuldbewusst und sucht diese Regung ebenso augenblicklich nach außen zu verbergen.

Simmerl Welcher Narr –? Brandner? Was is denn?

Flori Taat er no fragen. Statt dass er a Brillen aufsetzert, ehvor dass er's G'wehr in d' Hand nimmt.

Brandner Ah – ah – ah –

Simmerl *(untersucht die Wunde)* I hab dem Hirschen hinterherg'schossen.

Brandner *(matt)* Und an alten Dackel troffen – ah – ah –

Simmerl Schlimm schaugt's net her.

Brandner *(recht wehleidig)* Aber schwindlig is mir, so vui schwindlig.

Simmerl I verbind di, wart *(sucht im Rucksack)*. Bei der Jagdg'sellschaft san oa, die schießen wie die Wildsäu, wenn si wo was rührt.

Brandner Was d' net sagst. *(Zwinkern zu Flori)*

Flori Gell, so a sicherer Schütz hat allweil 's Verbandszeug im Sack.

Simmerl Du musst mi ausspotten, du Raatschenbertl.
Simmerl schüttet aus einer Schnapsflasche Kirschgeist auf den Verband.

Brandner Naa – net äußerlich! Is ja ewig schad.

Simmerl	Was denn?
Brandner	Gib's mir als Stärkung. – Der Schwindel, verstehst.
Simmerl	Von mir aus – da.
Flori	*(riecht daran)* A Kerschgeist, ui –
Brandner	Ganz was Rar's. Wo hast'n her?
Simmerl	G'schenk vom Herzog *(verbindet Brandner)*
Brandner	Vergelt's Gott *(trinkt und hört gar nicht mehr auf)*
Simmerl	G'segn's Gott. – Net so viel! Der is kostbar. Und b'suffa wenn di der Herzog findt –.
Flori	*(derbleckt ihn)* Du muaßt bedenken, wie groß dass der Schwindel vom Kaspar is.
Simmerl	*(grantig)* Du schmatz da net rum. Lauf nüber zur G'sellschaft und vermeld, dass i aufg'halten bin.
Flori	*(scheinheilig)* Weilst wen ang'schossen hast, sag i –
Simmerl	*(brüllt)* Du untersteh di und sag des!!
Flori	*(naiv)* Net? Sollt i was z'sammlügen – und du beichtst es hernach?
Simmerl	Schieb ab.
	(Flori lachend ab)
Simmerl	A frecher Kerle.
Brandner	A braver Bua.
Simmerl	Den nimm i nimmer zu die Treiber, wenn er so frech is *(setzt Brandner den Hut auf)*. So sieht ma gar nix. Und dei'm Enkelkind sagst, du hast di g'rissen an am Ast, im Unterholz –.

37

Brandner	*(leise, erstaunt)* Is dir des allweil no wichtig, was 's Marei denkt?
Simmerl	Ja, freilich *(sucht seine Unsicherheit zu verbergen)*
	Hörnerruf hinter der Szene.
Simmerl	»Sammeln« blasen s', dann kommen s' da her. Steh auf jetzt.
Brandner	*(spielt den armen Lazarus)* I kann net. Der Schwindel. Du müassertst mi tragen.
Simmerl	Tragen??!
Brandner	*(haucht)* Am Buckel *(lächelt Simmerl erwartungsvoll an)*
Simmerl	*(ratlos)* Mi blamieren vor die Leut? – *(brüllt)* Stehst net auf?!
Brandner	Wennst mi so anschreist, krieg i völlig 'as Zittern.
Simmerl	Legst es du an auf a Schmerzensgeld?
Brandner	Naa – naa – grad aufs Tragen.
Simmerl	*(zerrt ihn hoch)* Mann Gottes, mach mi net narrisch.
Brandner	*(demütig)* Verzeih halt, der Schwindel.
Simmerl	Du, i lass di da liegen!
Brandner	Des machert beim Marei an mäßigen Eindruck. Solltst di scho derbarmen.
Simmerl	*(verzweifelt)* Also – von mir aus – hopp! *Er bückt sich. Brandner springt wie ein Waldschrat auf seinen Rücken. Greift Simmerls Gewehr und Rucksack.*
Brandner	So geht's.
Simmerl	Mei Rucksack, mei G'wahr –!
Brandner	Hab i scho. Hüah, alter Schimmel! *Simmerl trabt los. Hörnerrufe und Lärm*

*hinter der Szene. Da kommt den beiden
Senftl atemlos entgegen. Erstarrt.*

Senftl I glaub, i traam.

Simmerl *(leise)* Geh runter – sofort *(versucht
Brandner abzuschütteln)*

Brandner Net – sonst werd mir noch schwind-
liger.

Senftl *(ebenso höhnisch wie verärgert)* Darf
ich mir die ergebenste Frage erlauben,
ob herzogliche Jager neuerdings 'as
Hutschpferd machen für alte Krattler?

Simmerl *(verlegen)* Er ko net geh'. Er hat an
Streifschuss derwischt.

Senftl Wo?

Simmerl Am Ohr.

Senftl Geht der sonst auf die Ohrn?

Simmerl Schwindlig is eahm.

Senftl Dem? Den Schwindel kennt a jeds in der
Gegend. Dem machst du grad an Kas-
perl. Schau'n doch an, wie er fürizahnt,
der Spitzbua, der odrahte.

Brandner *(grinst)* So vui schwindlig.

Senftl *(zerrt Brandner von Simmerls Rücken)*
Was nimmst so an alten Dadädl als Jagdhelfer mit!

Simmerl Er kennt si da herob'n aus wie koa
Zwoater.

Brandner *(prostet Senftl mit der Kirschgeistflasche
zu und trinkt)*

Senftl Und dein Schnaps hat er aa scho. Brav.

Simmerl *(immer verlegener)* Wenn's mei Schuss
war, muaß ich doch –

39

Senftl *(schreit ihn an)* Du muaßt – Du muaßt!
Du muaßt ja dem Hirsch hinterherschie-
ßen, wo der Schuss dem Herzog g'hört –
und net amal treffen. Net amal des. Der
Herzog hat a Wut, verlangt nach dir,
und wer is net da? Du! Du muaßt ja
zahnluckerte Spitaler spaziern tragen.

Simmerl Was soll i denn macha?

Senftl Ja, nix mehr. Jetz hast scho alles g'macht,
was ma verkehrt macha ko. – Woaßt
wenigstens, wo der Hirsch naus is?

Simmerl Da nauf, vermutlich.

Senftl Des meldst die hohen Herrschaften.
Aber genau so und mit dem G'sicht:
(äfft Simmerl nach) »Da nauf, vermutlich.« Na sagst es no auf Französisch,
dass der König vo Belgien aa a Freud
hat, und na suchst dir a andere Arbeit,
wennst no eine findst in Bayern.
Im Streit vergaß Senftl auf Brandner.
Der sitzt am Holzstoß, grinst und stopft
sich seine Pfeife. Nun hört man Marei
rufen, sie tritt auf und will, als sie Senftl
sieht, auf dem Absatz kehrtmachen und
fliehen.

Marei Flori! – Flori –! Ui je!

Senftl Halt amal, Bursch. G'hörst du zu die
Treiber?

Marei *(abgewandt, tiefe Stimme)* Ja.

Simmerl *(für sich)* Des is doch –

Senftl Hilf amal, den Brandner heimtragen,
der is ang'schossen.

40

Marei	*(vor Schreck vergisst sie das Verstellen der Stimme)* Ang'schossen? Wo is er?
Senftl	Da flackt er. Und fragst bei die ändern Treiber, ob oaner den Malefizhirschen – *(erkennt Marei, die bei Brandner kniet)* I glaab, i traam. Die Marei??!
Marei	Ja.
Senftl	Als Treiber, Maschkra. So is' recht!
Brandner	Unsereins is halt auf so an Vodeanst ang'wiesen.
Senftl	Du bi staad, du bist marod.
Simmerl	*(halblaut zu Marei)* Was rufst du 'n Flori?
Marei	Werd scho sein Grund ham. *Hornruf: Sammeln. Gleich darauf Floris Ruf.*
Senftl	*(verzweifelt)* Jetz blasen s' wieder!
Flori	*(hinter der Szene)* Herr Burgermoasta! Senftl –!
Senftl	Der aa no. Dass die Brandner-Blas'n wieder beinand is.
Simmerl	Der Flori g'hört doch net dazu.
Senftl	*(halblaut)* Des hast bloß du no net g'spannt, dass der mit der Marei ziagt, die länger Zeit.
Flori	*(kommt)* An schönen Gruß vom Herzog und wo's ihr bleibt's?
Senftl	*(zu Simmerl)* Na müaß ma uns sputen.
Flori	*(zu Marei)* Ein G'schiss is des, mit die G'wappelten.
Senftl	*(hat die Bemerkung gehört, fährt wütend herum)* A so mag i's von am

41

meinigen Fuadaknecht, der no Schulden hat bei mir. 30 Gulden san morgen
wieder fällig. Und da mag er von
G'wappelte reden. Und überhaupts:
Du bist ausg'stellt, auf der Stell.

Flori   Ausg'stellt? Warum?

Senftl   Weil's mir passt! Und weilst du mir
nimmer passt.

Die Anwesenden stehen etwas ratlos und betroffen
vor dem plötzlichen Wutausbruch des dicken Senftl,
der mit großen Schritten und imponierenden Gesten
den Dorftyrannen darstellt. Der Ausdruck »G'wap-
pelte«, nicht eben respektvoll, hat ihn zornig gemacht.
Dass Florian ihn gebrauchte, ärgert ihn doppelt, weil
er einen Respektsverlust von seinem Futterknecht be-
fürchtet. Er schaut zu Brandner hinüber, der ganz
behaglich vor dem Holzstoß hockt, seine Pfeife ange-
zündet hat und leise in sich hineinkichert, weil ihm
der Zornesausbruch des Bürgermeisters so lächerlich
vorkommt, dass er nicht einmal die sicherlich ernst
gemeinte Kündigung wirklich ernst nehmen kann.
Senftl reißt die Augen auf und schlägt in einen schein-
bar leisen, ruhigen Ton um, aus dem er zu desto unan-
genehmerem Gebrüll sich steigern wird.

Senftl   Und der Schwerverwundete raucht,
ja, da schau her! Was gibt's da zum
Lachen? Ha?

Brandner   (behaglich) Weil's a so zuageht.

Senftl   Du passt auf. Du werst mi net derblecken, wie damals mein Vatern!

Brandner   Geh, die alte G'schicht.

Senftl *(großspurig)* Von dem Gütl, wost du
wohnst, g'hört die größere Hälften scho
mir. Und wennst fürder koa Pacht net
zahlst, hoaßt's: Naus! Verstehst! Wenn i
mag, klag i alles ein! Also – schön brav
sein, und hilfreich! *(plötzlich ruhig)*
Kann mir einer von euch sagen, wo der
Hirsch naus is?
Brandner, Marei und Flori sehen einan-
der mit einem kurzen Blick an.

Flori Mir wissen nix.

Simmerl *(leise zu Senftl)* Hör doch auf, kumm,
geh weiter!
Wieder ein Hornruf, wie vorher. Sim-
merl und Senftl gehen eilig ab.

Senftl Du brauchst mir Vorhaltungen macha,
du Preisschütz! Du bist überhaupts
schuld an allem –

Simmerl I, wieso i?

Senftl Taat i fragen – *(Beide sind fort)*

Flori *(sieht Senftl verächtlich nach)* Des könna
ma derwarten, dass den amal der Schlag
trifft, vor lauter Geiz und Giez. Na
werd er blau und fallt er um. – Kann der
euch wirkli aus'm Haus jagen?

Brandner *(erhebt sich. Die Gaudi ist vorbei. Senftls*
Gemeinheit hat alle deprimiert)
Rundumadum g'hört alles scho sein.
Der Pfarrer hat neuli g'sagt: Euer Anwe-
sen is wie a Insel im Senftl'schen Meer.

Flori Ich hätt scho sagen können, wo ma den
Hirsch vermutert.

Brandner	I woaß. I aa. Aber, mei –
Flori	Der Wirt von Scharling zahlt a gutes Geld, wenn ma ihm a Wildpret bringt. Und fragt aa net, woher dass 's kommt. Und wenn der Hirsch verendert und wir findert'n, – zufällig – hm? A kloana Umweg, da nauf – ? *(Er deutet nach oben, wo er den geflohenen Hirsch auf dem Berg vermutet)*
Marei	*(findet das eine gute Idee)* Ja! Da könntst du was von dene 30 Gulden z'ruck-zahlen. Und du was von der Pacht.
Brandner	*(schüttelt den Kopf)* D' Unanständigkeit zinst sich net aus.
Marei	Schad.
Brandner	Mir mögerten doch aa net b'stohlen werden. Und der Hirsch is herzogli-ches Eigentum.
Flori	I siech's net ein.
Brandner	Der Ober sticht den Unter – des woaß ma vom Karten her. Und wer da b'scheißt, den lasst ma nimmer mitspieln.
Flori	Ja, wenn's aufkommt.
Brandner	Irgadwann kommt's allweil auf. *(erhebt sich)* Rett' ma die Ehre der Gemeinde, meld' ma: Der Hirsch werd da droben sein, am Sonnabüche! Wenn ma Glück ham, schaugt a Belohnung raus. Is aa was.
Marei	*(horcht auf)* Was is jetzt wieder? *Hornsignale »Sammeln« kommen rasch näher. Zunehmend Lärm von Hunden*

>*und Menschen. Senftl kommt gelaufen,*
>*hinter ihm der Hornist.*

Senftl Die Herrschaften kommen da her. Die
kloana Leut weg! Aus die Augen!

Brandner *(geht auf Senftl zu und will die Vermu-*
tung melden) Mir wollten dir nur sagen,
Senftl –

Senftl *(schreit ihn an und stößt ihn weg)* Ihr
sagt's mir gar nix. Der Herzog derf euch
da net sehen. Schleicht's euch, Krattler-
zeug überanand. – *(ruft)* Hoheit! Da
samma! – *(zum Hornisten)* Wenn ma
vielleicht blasen tät.
Der Hornist bläst »Sammeln der Schüt-
zen«. Flori, Marei und Brandner sehen
einander an.

Brandner Ja, wenn des a so is.

Flori Na mach ma doch den kloana Umweg?

Brandner *(unentschlossen)* Schau ma scho.

Brandner, Flori und Marei rasch ab. Die Jagdgesell-
schaft kommt herein und formiert sich nach dem Ze-
remoniell. Sitzgelegenheiten werden gebracht. Die
königlich belgische Standarte wird aufgepflanzt. Die
Jagdhörner blasen von allen Seiten das »Halali«. Ehe
die hohen Herrschaften eintreten, fällt unter Hornge-
schmetter und Hundegebell der

Vorhang

2. Bild

Der Brandner wohnt in einem kleinen Bauernhaus am Berg. Wenn er dieses Haus »mei Hütt'n« nennt, ist dies ein wenig untertrieben. Es ist ein solide gebautes kleines Haus aus Stein. Der Wohnteil, vornehinaus, hat kleine Fenster, vor denen Blumenkästen stehen, hat eine Stube, eine Schlafkammer, eine Küche, das Kammerl der Marei und noch weitere kleine Räume. Hinten am Haus befindet sich der Stall, darüber die Tenne. Das Dach ist mit Schindeln gedeckt und mit großen Steinen beschwert. Vor dem Hause, am Hang, eine flache Terrasse, von der aus man einen schönen Blick am Wallberg vorbei auf die Blauberge und den Halserspitz hat. Von dieser Terrasse aus tritt man in die Stube, in der das 2. Bild spielt. Ein niedriger Raum, die Wände bis fast zur Decke hinauf mit Holz getäfelt. Oben ein Sims, auf dem allerlei Gegenstände stehen. Im Hintergrund die Tür ins Freie, links eine weitere Tür, die in die Schlafkammer führt. Vor dieser Tür der große Kachelofen, mit einer Balkeneinfassung, auf die man Wäsche zum Trocknen hängen kann. Davor, ebenfalls auf der linken Seite der Bühne, die Ofenbank, der Tisch und ein Stuhl. Über dem Tisch die Petroleumlampe.

Auf der rechten Seite die Fenster. An der Wand die alte Uhr mit dem Zifferblatt, auf dem man kaum mehr die Rosen erkennen kann. Ein Wandschränkchen, in dem der Schnaps und die Gläser zu finden sind und auch das Paket Spielkarten, das in diesem Bild die Hauptrolle spielt. Rechts im Vordergrund steht ein großer alter Lehnstuhl. Letztes rotes Abendlicht scheint durch die Fenster, und draußen singen noch die Vögel. Marei kommt, lässt die Tür offen und zündet die Petroleumlampe an. Dann tritt Brandner ein, geführt und ein wenig gestützt vom Flori. Brandner, noch immer den Verband um den Kopf, wirkt abgespannt und müde, greift sich gelegentlich ans Herz und spricht etwas mühsam mit gepresster Stimme. Wenn er es auch nicht zugibt, ihm ist nicht gut. Er setzt sich in den großen Lehnstuhl, Marei zieht ihm die Stiefel aus und bringt ihm Hausschuhe.

Flori Also? – G'funden hamma'n, den Hirschen. Meldst es, oder hol' ma'n uns – morgen Früh?

Brandner I überleg' ma's heut Nacht noch amal. Es is doch riskant und a große Anstrengung, zu zweit so a Mordstrumm derschleppen. *(greift sich ans Herz)*

Marei *(besorgt)* Sollt i lieber dableib'n?

Brandner Nix – ihr geht's zur Jagdtafel, holt's euren Treiberlohn ab und schaugts, ob was austeilt wird von der Strecke.

Flori A Ingreisch, wenn's hoch kommt.

Marei Naa, der Herzog is großzügig. Da fallt mehra ab für die Bedürftigen.

Brandner Na bringt's mir mein Anteil mit. *(greift wieder ans Herz)*

Marei	Is dir net extra?
Brandner	I han ja den Kerschgeist als Nothelfer. – Jetzt druckt's euch, dass die bessernen Trümmer net scho vergeben san –
Marei	Gut Nacht! Großvater.
Fori	Mach uns koane G'schichten.
Brandner	Verschwindt's

Er schiebt Marei und Flori zur Türe hinaus. Marei ist besorgt, sie würde lieber bleiben, aber Brandners Entschiedenheit lässt keinen Widerspruch zu. Er schaut den beiden noch eine Weile nach, lächelt und winkt. Dann schließt er die Tür. Das Lächeln verschwindet, er hat Mühe, den Schmerz, den Krampf in der Herzgegend zu übertauchen. Nach einer Weile nimmt er den Kopfverband ab, schaut nach, ob die Wunde am Ohr noch blutet. Mit einer heftigen Geste wirft er den Verband in den Ofen. Dann nimmt er sich einen Rechblatter vor und probiert ihn aus. Mit dem fiependen Ton unzufrieden, holt er sich ein Messer und beginnt daran herumzuschnitzen. Das geht eine Weile. Draußen ist es ganz dunkel geworden. Ein seltsames, tiefblaues Licht leuchtet durch die Fenster. Eine beklemmende Stille, aus der, kaum hörbar, eine Glocke zu läuten beginnt. Brandner hebt den Kopf.

Brandner	's Totenglöckerl?
	Er erhebt sich, geht zum Fenster und sieht hinaus. Der Glockenton scheint näher zu kommen. Dazu ist ein Wehen des Windes zu hören, ein jaulendes Ums-Haus-Streichen.

Brandner A Weda aus klarem Himmel? – Hätt i an
Dampes vo dem bissei Kerschgeist?
Brandner schwankt ein wenig. Das Herz
macht ihm stärker zu schaffen. Mühsam
geht er zur Tür und tritt hinaus. Sieht
sich nach allen Seiten um und kann
nichts finden. Der Himmel ist sternen-
klar, kein Blatt bewegt sich, aber Wind
und Totenglocke sind deutlich zu hören.
Brandner, der im blauen Nachtlicht
draußen steht, bekreuzigt sich, schaudert
ein wenig und geht rasch in die Stube
zurück, setzt sich wieder an den Tisch
und schnitzt weiter am Rechblatter. Die
Geräusche draußen werden intensiver.
Plötzlich klopft es an der Tür. Schlagar-
tig sind Wind und Totenglocke zu Ende.
Es ist totenstill. Nur die Uhr tickt.
Brandner No eina!

Die Tür fliegt auf, ein plötzlicher Windstoß fegt in die
Stube. Vor der Tür steht im geisterhaften, blauen
Licht eine schwarze Gestalt. Schwarze Lederhosen,
groteske, unmöglich verknitterte Stiefel, ein schwar-
zes Wams, darüber ein schwarzer, halblanger Um-
hang, eine schwarze Zipfelmütze und darüber ein
schwarzer, verbeulter Hut mit einer schwarzen, lan-
gen Feder dran. Der Boanlkramer. Sein bleiches Ge-
sicht, seine weißen Hände sind nur undeutlich zu er-
kennen. Er tritt ein. Die Tür schließt sich von selber
hinter ihm. Brandner hat keine Angst, aber das Un-
behagen über diesen Besuch schwingt in seiner Stim-

me mit, als er den schweigsamen Besuch, der ihn nur
anstarrt und kein Wort sagt, anredet.

Brandner	Hab mir's glei denkt, dass des a Fremder is. Anklopfen is bei mir nit der Brauch. – Alsdann, red – was geit's, was willst? – Grad war i vor der Tür draußen, da war weit und breit koa Seel net zum Sehn. Bist eppa herg'flogen?
Boanl	*(sanft)* Kunnt scho sein.
Brandner	Du bist ma einer. Zaundürr und klappert und bloach und hohlaugert zum Derbarma.
Boanl	Kennst mi net?
Brandner	Naa.
Boanl	Derratst mi net?
Brandner	*(unsicher, nach einer kleinen Pause)* Mir is, als möcht' i dich net derraten.
Boanl	Mir san uns heut doch scho begegnet, für an kloan Augenblick –
Brandner	*(steht erschrocken auf)* Du bist der –
Boanl	»Boanlkramer«. So hoaßen mi d' Leut.
Brandner	*(in plötzlicher Angst)* Der –
Boanl	I han di fragen wollen, ob'st net eppa mit mir gehst?
Brandner	*(will fort, bleibt nach einem Schritt wie angewurzelt stehen)* Naa, – i mag net.
Boanl	Es muss aber dengerscht sein.
Brandner	*(heftig)* Naa, Bruder, naa –
Boanl	Schaug, der Büchsenschuss sollt dich vermahnen ans End von aller Zeitlichkeit.

Brandner	Du hast den Schuss g'lenkt? Und net amal troffen?
Boanl	*(salbungsvoll)* Nach dem Schuss sollten d' Leut sagen: Er hat den Schrecken nimmer überstanden.
Brandner	*(angstvoll)* Naa, naa – der war net für mi –
Boanl	Der Tag heut is für di. So is dir's aufg'setzet. Es geht aufs End.
Brandner	I bin doch g'sund wie der Fisch im Wasser. Schaun so die grablaufenden Leut aus, die'st holst ansonsten?
Boanl	Naa, naa, die mehrern san siech und lägrig.
Brandner	Und zaundürr und klappert, dass ma die Verwandtschaft glei kennt.
Boanl	Manch andere aber san voller Leben, und es is ihnen dengerscht aufgesetzet.
Brandner	Ja, wenn s' rauschig san und hoamwackeln –
Boanl	*(lacht mit)* – und singen und hupfen – *(elegisch)* dann tun s' den falschen Schritt – und ich muss ihrer warten.
Brandner	Aber i? Hab i an Rausch? – Da, die Flaschen Kerschgeist saufert i dir aus und stehert aufrecht. – Wart! *(schenkt sich ein Glas voll. Er sucht seine Angst hinter hektischer Aktivität zu verbergen. Der Boanlkramer sieht ihm milde lächelnd zu)*
Boanl	Nur zu. Leicht is dir's aufgesetzet, dass draus a Schlagerl wurert. – Dass sie stehn bleibt, die Uhr.

Brandner   *(hält im Trinken inne, schaut zur Uhr)*
Die Uhr? *(Als der Boanlkramer einen
Schritt zur Wanduhr macht, läuft Brand-
ner in einem plötzlichen Einfall zum
Wandkasten hinüber, der neben der Uhr
hängt, und schneidet ihm den Weg ab.
Holt ein zweites Glas.)*

Brandner   G'scheiter als die Rederei da waar,
wennst mittrinkertst.

Boanl   *(plötzlich nicht mehr feierlich, getragen,
sondern skurril)* I? An Schnaps?

Brandner   Elendig und sper wie'st bist, taat dir a
Glasl gut.

Boanl   I sollt – du moanst – i derfert –?

Brandner   I trink net gern alloa. Des tun nur sol-
cherne, die 's Leben vergessen wollen.
Und des könnt mir keiner nachsagen.
Da. *(hält ihm das Glas entgegen)*

Boanl   Des hat mir noch koana 'boten. Und
viel is mir scho g'schehn. *(riecht zaghaft
am Glas)* Is 's a milder?

Brandner   A staarker, guter. Probier'n.

Boanl   *(zieht die Hand zurück)* Des geht do
net.

Brandner   Traust di net?

Boanl   Geh, traun! – I woaß nur grad net ganz
genau, ob des gern g'sehng wurert –
(Blick nach oben, gen Himmel)

Brandner   Du musst doch kennen lernen, von was
für Seligkeiten du die Leut wegholst.

Boanl   *(raunzt)* Geh – »Seligkeiten«. – Irdische
Freuden, allenfalls, vergängliche –

52

(zögert, probiert mit der Fingerspitze)
Schmecka taat er, scheint ma, guat. *(hüstelt. Blick nach oben)*

Brandner Was wartst noch?

Boanl Ja, wennst mi zwingst, gell. Und wenn i dir an G'fallen tu damit –? *(trinkt aus. Muss husten. Ängstlicher Blick nach oben. Erleichterung, als kein himmlisches Donnerwetter erfolgt.)*

Brandner Bravo – und noch oan. *(schenkt wieder ein)* Des macht na unsern Dischkursi glei leichter, werst as sehng.

Boanl *(in verlogener Milde)* Dann is's guat. Alles, was dir 's Ja-Sagen leichter macht, soll g'schehn. Denn – Ja-sagen muaßt – weil es dir so aufgesetzet is – verstehst.

Brandner Alsdann – *(trinkt nicht)*

Boanl Alsdann *(trinkt auf einen Zug aus, hustet und bekommt einen Schluckauf)* Hick. – Was is'n des?

Brandner Des is so, auf'n Kerschgeist.

Boanl Bei dir macht's aber net so. – Hick – *(es reißt ihn ungeheuer)*

Brandner Weil i's g'wohnt bin.

Boanl Hick.

Brandner *(tut so, als hätte auch er Schluckauf)* Hick.

Boanl *(glücklich)* Jetzt hat's bei dir aa so g'macht. Hick.

Brandner *(schenkt wieder ein)* Nach dem dritten vergeht's.

Boanl Des wär mir lieb, weil des steßt so schiali,

dass ein' glei die Boaner klappern.

Hick – *(trinkt aus)* Jetz is's weg.

Brandner *(hat wieder nicht getrunken)* Siehst.

Boanl *(staunt)* Ja, tatsächlich. Weg is's. *(da reißt es ihn wieder)* Hick.

Brandner Bist halt nix Guat's net g'wohnt. *(schenkt ein)*

Boanl *(leicht betrunken, voll Selbstmitleid)*
Naa, i bin wirkli nix Guat's net g'wohnt. Hick – *(trinkt aus)* – Woaßt, die Menschen! – Da jammern s' und greinen s', 's Leben is so schwar und ein Jammertal –

Brandner Geh –

Boanl Doch, sagen s' – und komm ich und will sie erlösen – na geht des G'schroa erst recht los. Da wollen s' ums Verrecken weiterleben – auf einmal wär alles hier so schön und grad Angst ham s' *(er trinkt das nächste Glas aus)*.

Brandner Muaßt's aa verstehen.

Boanl Naa, muaß i net. I versteh's auch net. Tu ich sie doch geleiten in zarter Gnade und die Luft erfüllen mit sanfter Musik auf ihrem Wege, wenn's wollen, auf dass sie sollen getröstet sein. Magst es hören? Pass auf! – Horch!!
Der Boanlkramer richtet sich auf, macht eine Handbewegung; von ferne ertönen zarte undefinierbare Klänge einer feierlichen, lieblichen Musik. Brandner blickt nach oben, woher sie zu kommen scheint, steht auf, magisch von diesen

Klängen angezogen, geht ein paar
Schritte und wagt kaum zu atmen. Der
Boanlkramer sitzt am Tisch, grinst,
trinkt und freut sich, welchen Effekt sein
Musikkunststück beim Brandner macht.
Dann fragt er ihn leise und schon sieges-
sicher:

Boanl No? Magst net doch mitgehn?

Brandner *(schüttelt den Kopf)* – I bin dahier vonnöten. 's Enkelkind, der Flori. Dene
muss i des Gütl erhalten auf irgend a
Weis'.

Boanl Kaschper, dein Leben währet nun schon
zweiundsiebzig Jahre –!

Brandner Ja, woaßt denn du, Bruder, wie z' kurz
des is? Des lauft dahin wie der Bach oba
vom Berg, und stürzt mit jedem Jahr
schneller talab, – wie der Wasserfall.
Vierz'g Jahr waren 's auf Lichtmess, dass
mir mei Traudl g'storben is, an der Cholera – und einundzwanzig, dass d' mir
die Tochter wegg'holt hast, aus'm Kind-
bett – und mir i's, als waar's gestern
g'wesen. Und jetz, wo i mi dreing'funden hab, wo's grad wieder a bissei im
Lot is, da kaamst ma du daher, mitten
im Frühjahr, wo d' Hohfalz is und der
Schnepfenstrich und die kloan Vögel
am schönsten singen im Wald – und tatst
mi drangsaliern, dass i mitgeh – freiwillig –?! Ja, narret –! *(Die Musik ver-*
stummt)

55

Boanl *(beeindruckt)* Kaschper, i will net so
sein. Net, dass d' sagst, mein Schnaps
saufert er, aber derkennt is nix. *(hält ihm
das leere Glas hin. Brandner schenkt
ein.)* Hol i dich halt im Summer.

Brandner Da han i mit der Rehbirsch Arbeit und 's
is aa z' hoaß.

Boanl *(elegisch)* So, z' hoaß. Mir is nie z' hoaß.
Bloß jetz grad is 's angenehm. *(trinkt
aus)* Na kimm i im Hirgscht.

Brandner Ja, was fallt dir denn ei'? Sollt i d' Hirschbrunft hintlassen? Und die Klopfeter
und 's Oktoberschiaßen und die Hofjagd?

Boanl *(beeindruckt)* Des is alles im Hirgscht?

Brandner Ja, freili.

Boanl Die Hofjagd aa? Mit'n Kini? Majestät
persönlich?

Brandner Ja. – Und grad der will mi allweil dabei
haben.

Boanl Des hab i net bedenkt.

Brandner Also, was redst na.

Boanl *(seufzt)* Guat, komm i im Winter. Punktum. *(trinkt)*

Brandner Punktum magst du sagen? Und 's Fuchspassen und 's Marderausjag'n? Außer-
dem is im Winter aa z' kalt.

Boanl *(weinerlich)* Ja, kalt. – Mir is immer z'
kalt. Verstehst, was des heißt, Kaschper?
Zu kalt in Ewigkeit?

Brandner Trink. Des warmt. *(schenkt ein)* Schau,
bei mir bist an der falschen Adress.

56

I g'hör noch net nüber. Des muaß an
Irrtum sein.

Boanl   Irrtum? Mir san die oberste Inschtanz,
Mensch!

Brandner   Leicht gibt's noch an andern Brandner
Kaspar, kunnt doch sein; im Werden-
felser Land eppa –

Boanl   *(erhebt sich, gekränkt, schwankend)*
Kaschper, ich komme aus der Allweis-
heit und bin gesandt, dich zu geleiten in
den ewigen Glanz, und du werfertst mir
a Amtsverwechslung vor. – Jetz trink ma
aus, dann geh ma auf die Roas' mit-
anand, als guate Freund –

Brandner   *(heftig, nimmt die Flasche weg)* »Guate
Freund «– ja! Is des a Freundschaft mit
dem Kommandieren: Mir gehn auf die
Roas'. Des is koa G'hörtsi' unter g'stan-
dene Leut und braucht aa nix zun Trinken.

Boanl   *(kläglich)* Kaschper, i hab dir a Jahr boten, als Zuawag – und du hast für alles a
Ausred. Willst denn du no zehn Jahr leben?

Brandner   Mei Vater selig is neunz'ge wor'n. So alt
wer i aa. Na kannst mi holn.

Boanl   *(betrunken, versucht mit Fingern zu
zählen, fragt dann lieber)* Neunz'ge –
achtz'ge – siebazg – Wie viel gäb' des?

Brandner   Achtzehn. Akkrat.
(von draußen hört man Pferdewiehern)

Brandner   Was is des?

57

Boanl *(schreit in Richtung Tür)* Gib a Ruah,
du Krampen! *(pfeift gellend. Das
Wiehern verstummt)* Des is mei Karren-
ross.

Brandner *(leise, angstvoll)* Auf am Karren –?

Boanl Freili. I kann meine Passagier net gut
am Buckel spedieren oder auf die Arm
tragen. *(sentimental)* Höchstens die
kloan' blassen Kinder, die im Eis ein-
brocha san – die san eine leichte Last.
Aber a Prügel Mannsbild wie du –

Brandner Jetzt sagst es selber.

(Von draußen wieder das Wiehern.)

Boanl A Ruah' *(Pfiff)* Kusch! – Der werd mir
ungeduldig. So lang hat er noch nia warten müssen.

Brandner Zwegen meiner brauchert er net warten.

Boanl Kaschper, sei vernünftig. Die Welt draht
si behaglich weiter ohne di –
aber für dich fangt's dann erst an.

Brandner Was?

Boanl Das wahre Leben.

Brandner *(grantig)* Des sagt der Herr Pfarrer aa.
G'sehng hat er's net.

Boanl *(eindringlich)* I hab's gesehn. Es is un-
endlich wahr und gut dorten. I derf ja
net 'nei. Im Paradies brauchen s' koan
Boanlkramer – so schön is's da *(wieder
betrunken, skurril)* Oa Glasl noch als
Siegel drauf.

Brandner Neunz'ge. *(schenkt ein)* Dass i mi vor
mei'm Vatern net genieren muss.

Boanl　Hab' doch a Einsehen. Schau, die
Uhr da – *Der Boanlkramer erhebt sich
und streckt die Hand nach der Wanduhr aus. Brandner will ihm den Weg
zur Uhr verstellen, bleibt aber von seinem Blick angewurzelt und greift sich
schmerzhaft ans Herz. Der Boanlkramer
schwankt.*

Boanl　Hui – da wackelt was. Der Boden hebt
sich, da nüber. *(er glotzt und reibt sich
die Augen)*

Brandner　In einer Stund' is er wieder eben. *(als der
Boanlkramer die Hand nach der Uhr
ausstreckt)* Lang's net an. Die hat so
redli d' Stunden zeigt – die voller Freud'
und die voll Kümmernis *(gibt dem
Boanlkramer ein volles Glas).*

Boanl　Alt is's. Schaug. Am Zifferblatt kannst
kaum mehr d' Rosen sehn, die aufg'malt
g'wesen san, da, – im Eck. Und d' Zeiger wackeln, d'G'wichtschnur rutscht.

Brandner　Und dengerscht arbeit's fleißig fort und
tut so g'schäftig dipp und dapp –

Boanl　Sie irrt eahm freili gnua dabei.

Brandner　Aber lasst net aus, ob s' z' fruah geht
oder z' spät.

Boanl　Du g'freust di, dass s' no geht. Und
siehst ihr alle Fehler nach und hoffst dabei, dass dir die kommenden Jahr akkrat
so nachg'sehn werd, wenn dir die Zeiger
wackeln, d' G'wichtschnur rutscht.
Haha – *(er lacht über seinen Scherz)*

Brandner Trink – und lass mir die Sorg, wie's
weitergeht. Gilt? *(streckt ihm die Hand
hin – er soll einschlagen).*

Boanl *(hat getrunken)* Gilt! *(erschrickt)* Naa –
gilt net! Hui – jetz biegt si' gar die
Wand. – *(sieht die Uhr an)* I könnt's anhalten auf Ja und Nein.

Brandner *(plötzlich in großer Angst)* Woaßt du,
was du tuast?

Boanl Woaßt du, was i dir schenk?! Woaßt du,
wohin du derfst? *(Er macht wieder die
große Handbewegung, abermals ertönt ferne Musik, die gleich darauf bi-
zarr, wie geisterhafte ferne Orgel-
klänge, Brandners Singen untermalt.)*

Brandner *(flehentlich)* Boanlkramer – i bin zufrieden allhier. Woaßt du, was des bedeut:
z'frieden sein? Mit dem was is und was
ma hat? Kennst net des Lied von der Zu-
friedenheit? *(singt)*
Nix hon i und do leb i halt
mit Gottes Gnad.
Und 's Lebn oft oan nit besser g'fallt,
der ebbes hat!

Boanl Kaschper, du derbarmst mi. Mach mir's
doch net so schwer!

Brandner *(singt mit gesteigerter Intensität um sein
Leben)*
Und dengerscht: 's hat mir Gott ja gebn
a fröhlichs Bluat.
Und fragst, wie steht's mit Leib und
Lebn, sag allzeit: »Guat!«

Boanl   Schön. Aber jetz gibst's Widerstreben
        auf und kommst.

*Der Boanlkramer erhebt sich und geht mit möglichst
festen Schritten der Tür zu. Die fliegt auf, ohne dass
eine Hand sie berührt hätte. Er streckt dabei einen
Arm rückwärts, so, als würde er an einem unsichtba-
ren Band den alten Brandner hinter sich herziehen.
Brandner folgt ihm mit schweren, steifen Schritten,
als müsse er eine große Last tragen. Er will nicht gehen, aber eine Gewalt zwingt ihn. An der Tür ange-
kommen, bleibt der Boanlkramer stehen und will
Brandner vorausschicken. Auch Brandner bleibt stehen. Mit Aufbietung aller Kräfte wendet er sich seit-
wärts, als wolle er einen Weg zur Flucht finden. Die
Musik wird lauter. Brandner dreht sich, sein Blick
fällt auf das Wandschränkchen, aus dem er vorhin die
Schnapsgläser holte und in dem auch die Spielkarten
liegen. Da kommt ihm, in letzter Sekunde, eine Idee.
Verkrampft von der ungeheuren Gewalt stößt er
mühsam hervor:*

Brandner   Woaßt was: Mach ma a G'spielei drum!
           *Der Boanlkramer bleibt total perplex
           stehen, lässt die Hand sinken. Die Musik
           bricht ab.*
   Boanl   Waas?
Brandner   *(nimmt aus dem Wandschrank ein Kar-
           tenspiel)* Da – san die Karten.
   Boanl   *(unfeierlich)* Ja, du Hallodri –? Karteln
           möcht er, ums ewig' Leben?
Brandner   Grad um achtzehn Jahr.

Boanl I ko gar net kartln.
Brandner Da brauchst nix könna. Misch.
Boanl Wie macht ma des?
Brandner A so.

*Mit schnellen Bewegungen macht er dem Boanl-
kramer vor, wie man Karten mischt. Der, neugierig
geworden, nimmt sich das Paket. Mit steifen Knochen-
fingern wirft er es so ungeschickt durcheinander, dass
einige Karten zu Boden fallen. Kichernd hebt sie der
Boanlkramer auf und bemerkt dabei nicht seinen
Schicksalsmoment: Der Brandner Kaspar greift blitz-
schnell die obenauf liegende Karte und versteckt sie in
seinem Ärmel. Es ist der Grasober.*

Boanl *(lacht rasselnd)* Jetzt, des hab i aa no net
        derlebt. Und?
Brandner Heb dir a Häuferl ab. Und wenn da drin
        der Grasober is –
Boanl Der Grasober? Wie schaugt denn der
        aus?
Brandner Des siehgst na scho.
Boanl Und wenn der da drin is –?
Brandner Na geh i mit dir.
Boanl Ohne Widerred'?
Brandner Ja.
Boanl Versprocha?
Brandner Gilt!
Boanl Und wenn er in deim Häuferl is, gehst
        aa mit!
Brandner Naa –! Na derfst ma nimmer kemma, bis
        i neunz'ge bin.

Boanl Auweh *(er hat Gewissensbisse)*

Brandner Gilt's?

Boanl *(gießt sich einen Schnaps ein, trinkt, und sagt plötzlich freundlich)* Gilt und versprochen.

Brandner *(deutet auf die Karten)* Heb auf.

Boanl *(kichert)* Du bist a dummer Teifi, Kascher. Weil, i nimm mir so viel Karten in mei Häuferl, dass der Grasober dabei sein muaß!

Brandner Des is dei Sach. Es is an ehrlich's G'spielei.

Bei dieser Lüge sieht Brandner den Boanlkramer nicht an. Ein Nüchterner würde den falschen Ton bemerkt haben, denn das Lügen ist nicht Brandners Stärke. Der Boanlkramer aber merkt in seinem Surri nichts davon. Er kichert, packt mit ungeschickten Fingern den ganzen Talon vom Tisch, lässt noch drei oder vier Karten liegen und freut sich seiner List und Klugheit.

Boanl *(hebt ab)* Da –. Die paar lass i dir noch. Als – dann. *(Er blättert die Karten durch. Schreit plötzlich:)* Da is er! – net?

Brandner Des is der Schellnober. *(während der Boanlkramer blättert, nennt er hie und da halblaut eine Karte)* Herzzehner – Eichelsau – Grasneuner –

Boanl Da –!

Brandner Des ist der Grasunter!

63

Boanl   *(kleinlaut)* Gibt's den aa? *(er blättert wild)* Ja, wo is er denn, der Grippi? Is er eppa 'nunterg'fallen? *(sucht unter dem Tisch) Brandner praktiziert, während der Boanlkramer nicht hersieht, den Grasober aus dem Ärmel in sein eigenes Häuferl.*

Brandner   Schau halt amal bei mir nach.

Boanl   *(deckt die Karten auf)* Ja – bei dir schaug i nach. – Da is er –! Verdammte G'schicht! Wo es dir doch aufgesetzt war für den heutigen Tag.
Pferdewiehern draußen

Boanl   Kusch – du Häuter –!

Brandner   *(schenkt triumphierend zwei Gläser ein)* Trink ma auf 'n Neunz'ger!

Boanl   Naa, i mag'n nimmer, den Kerschgeist, den hinterkünftigen. *(trinkt aus)* I glaub, da damit hast du mi drankriegt.

Brandner   *(grinst ihn an)* Da damit net.
Der Boanlkramer steht mühsam auf.

Boanl   Hui – die Füß –! Aber ebber reut di dei Glück amal, Kaschper – kunnt doch sein –!

Brandner   Kunnt ma's net denka.

Boanl   Na derfst mi grad rufen – glei bin i da!

Brandner   *(öffnet ihm die Tür)* Hat guati Weg.

Boanl   *(mühsam hinauswankend)* Grad rufen –!

Brandner   Is scho recht.
Der Boanlkramer macht noch einmal seine große Geste. Wieder ertönt die ferne Musik. Wind und Totenglocke. Er richtet

	sich groß auf und versucht, seinem Rausch bedeutendes Aussehen zu geben.
Boanl	Wenn's amal nimmer gilt, dei G'sangl. – *(kräht)* »Nix hoscht du und lebst aa –«
Brandner	*(singt lächelnd weiter, weil der Boanl-kramer die Fortsetzung vergessen hat)* mit Gottes Gnad' Und 's Leben oft oan nit besser g'fallt der ebbes hat –
Boanl	*(hat mitgebrummt. Singt die letzte Zeile mit.)* Der ebbes hat – Und dengerscht is eahm ja geb'n a fröhlich's Bluat – *(verheddert sich mit der Melodie, singt weiter)* Und dengerscht hat er no Leib und Leb'n Dem geht's guat –
Brandner	*(ruft nach)* Pass auf, dass d' ma net in' Bach einifallst! – Liegt scho drin! *Die Stimme des schrecklich falsch singenden Boanlkramers verklingt zusammen mit der Musik, der Totenglocke und dem Wind. Morgengrauen. Brandner schließt langsam die Türe, geht langsam in den Raum zurück.*
Brandner	Neunz'ge – Neunz'ge! *(sagt er leise mit tiefem Atemholen. Von draußen, wo sich der Sonnenaufgang ankündigt, hört man einen Pfiff. Dann hinter der Bühne den Ruf der Marei.)*

Marei	Großvater!
	Brandner öffnet die Türe und ruft hin- *aus*
Brandner	Seid's wieder z'ruck?
	Draußen beginnen die Vögel zu singen. *Marei und Flori kommen gelaufen.* *Sie tragen die Anteile der Beute in einem* *Rucksack. Brandner lächelt ihnen ent-* *gegen. Marei ist besorgt.*
Marei	Bist guat beinand?
Brandner	War no nia besser.
Flori	Tag werd's, schee werd's. Was moanst, sollt ma den kloan Umweg jetzo ma- chen?
Brandner	Und ob ma'n machen! Und net bloß heut. Flori, jetz gibts koa Zaudern nim- mer.
Flori	Vui Eis liegt noch am Weg nauf in' Sau- graben. Und übern Hang is's ganz schö g'fährli, weil's aper werd –
Brandner	Für mi is nix mehr g'fährli, Flori! Nix! Für mi, da hebt sich jetz a Leb'n an, wie's ohne Beispiel is auf dera Welt.
Flori	*(sieht die strahlende Begeisterung des Al-* *ten und versteht den Grund nicht. Dann* *sieht er die leere Flasche Kerschgeist auf* *dem Tisch)* Hast du den ganzen Kersch- geist da –?
Brandner	*(beginnt unbändig, steigernd, zu lachen)*
Flori	Respekt. *(sieht ihn verständnislos an)*

Vorhang

3. Bild

Darin soll die Behaglichkeit der irdischen Freuden vor Augen geführt werden, denen Kobell ebenso zugetan war wie der Kunst und der Wissenschaft. Der 75. Geburtstag des Brandner Kaspar ist Anlass für seine Freunde aus dem Ort, der Gegend und von weither, zusammenzukommen und ihm eine Ehrung zu bereiten.

Die Szene stellt einen Wirtsgarten dar. Im Hintergrund die Fassade des Wirtshauses mit Geranienkästen und Lüftlmalerei, im Vordergrund eine große Kastanie, unter deren dichten Zweigen viel Platz für Tische und Bänke ist. Am Wirtshaus vorbei sieht man in die Tegernsee-Landschaft hinaus, sieht die Berge und den Himmel. Es ist ein schwüler Nachmittag. Es wird wohl bald ein Gewitter geben. Fahles, gelbliches Licht, das nach Westen zu ins Bleigrau übergeht, das sich im Laufe des Bildes immer mehr verdüstert und zu schwarzen Wolken zusammenballt.

Vor dem Panorama ragt ein Schützenbaum auf, wie ihn Quaglio auf seinem Bilde »Scheibenschießen in Bayrischzell« gemalt hat. Eine Art Maibaum, oben mit Hüten, Fähnchen und einer Schießscheibe geziert. Aus dem Wirtshause hört man das Dudeln einer Kapelle. Die Szene ist einen Augenblick leer, dann tritt Marei aus dem Hause, gefolgt von Kellnerinnen und

Wirtsburschen. Marei ist festtäglich gekleidet, trägt über dem Gewand aber eine Kellnerinnenschürze. Ihrem Auftreten nach ist sie in diesem Wirtshause die leitende Person. Sie kommandiert die anderen, sie bestimmt den Ablauf des Festes, und sie ist die tüchtigste Kellnerin. Sie schaut prüfend zum Himmel, die anderen erwarten ihre Entscheidung. Gleich darauf tritt Theres auf, ein älteres bäuerliches Weiberl mit einem deutlichen Hang zum Ratschen, mäßigem Humor und unterentwickeltem Verstand. Sie ist eine alte Tante der Marei. Man sieht ihrem hatschenden, müden Gang an, dass sie viele Stunden gelaufen ist, um zu diesem Fest zu kommen.

Marei   *(sieht nach dem Wetter)* Die Tisch'
          raus – wir riskieren's.
Theres   *(ist aufgetreten)* Hättst halt fleißiger
          zum heiligen Michael bet' um a guts
          Wetter –
Marei   *(freut sich)* Theres! Du bist scho da?
Theres   *(muss sich niedersetzen)* Ah, meine Füß!
          Fünf Stund' g'laufen –
          Die Wirtsburschen und Kellnerinnen bringen während der folgenden Szene Tische, Bänke und alles zum Fest Nötige heraus.
Marei   Da an Tisch hin und da und da –
1. Bursch   Und alle Bänk?
Marei   Ja, freili. – Für die vielen Gratulanten.
Theres   *(überreicht einen Fichtenkranz mit der Zahl 75)* Da – selber g'macht.
Marei   Von dir –?

Theres	Vo mei'm Mo, aber unter meiner Aufsicht.
Marei	*(geht zur Fahnenstange)* Den nageln ma da hin –
Theres	Herausd? – Ehvor die Ehrung anfangt, gibt's a G'witter, so wie gestern, werst es sehn.
	Der 1. Bursch kommt, eine Bank tragend, aus dem Haus. Einige Kellnerinnen bringen Girlanden, Tischschmuck aus Tannen, Geschirr und beginnen zu decken.
1. Bursch	Wohin?
Marei	No, da –.
Theres	Der Jubilar allweil noch so gut beinand?
Marei	Der sucht si jeden Tag a Dutzend Bäum' zum Ausreißen.
Theres	Ob der in an Jungbrunnen g'falln is? Oder es steckt a Weiberts dahinter?
Marei	Ja freili –

Obwohl dieses Gespräch zwischen Marei und Theres nicht eben mit lauter Stimme geführt wurde, horchen die Wirtsburschen und Kellnerinnen auf, als von dem »Weiberts« des Brandner die Rede ist. Sie kommen neugierig näher. Anlass fürs Marei, das echte und würdige Enkelkind des Brandner Kaspar, der die Leute so gerne an der Nase herumführt, ihrer Umgebung und vor allem der neugierigen Theres einen Bären aufzubinden. Sie macht ein ganz ernstes, bekümmertes Gesicht und heizt die Spannung an.

Theres	*(neugierig)* Naa, sag g'scheid! Tatsächlich? Diese Mannsbilder, je älter desto blöder – Wer is'n?

69

Marei *(geheimnisvoll)* Sagst's net weiter?
Theres Naa.
Marei Ich!

*Burschen und Kellnerinnen lachen und gehen wieder
an ihre Arbeit, das Aufstellen der Tische und Bänke,
Herbeischaffen von Geschirr und Besteck, das Schmü-
cken mit Girlanden. Nur Theres, die gar keinen Humor hat, ist beleidigt, dass man mit ihr Scherze treibt.*

Theres Tu du nur dei alte Tant' derblecken.
Marei Ernsthaft. Er möcht mir's Gütl erhalten, hat er g'sagt vor drei Jahr, und
seitdem werd er jeden Tag jünger.
Theres Und eure Schulden?
Marei Samma beinah los, ja was glaubst denn!
Theres Des gibt's net!
Marei Alle drei fleißi g'arwat! –
Theres Du da als Kellnerin?
Marei So is's. Und jeder Heller Trinkgeld is
sofort an' Senftl gangen –
Theres I woaß ja no gut, wie der Senftl als junger Dachs mit'm Bauchladen hausieren
gangen is. Die Franzosen waren grad
aus'm Land, 'geben hat's wenig, da hat
er mit Knöpf und Bandl und G'raffi
g'handelt –
*Theres meint die Befreiungskriege von
1813, als die napoleonische Gnadenson-
ne, die dem Bayern das Königtum und
einige Blüte beschert hatte, unterging.*
Marei Was willst – so hat er's 'bracht zum
Bürgermoaster.

Theres	*(mit wegwerfender Handbewegung)* Aa so a Zeichen für den nahenden Untergang Bayerns. *Die zuhörenden Burschen und Kellnerinnen lachen.*
Theres	*(halblaut)* I hätt ja was z' reden mit dir –
Marei	Red.
Theres	Naa – allein – es wär mir wichtig –! No, später vielleicht. Ah, die Füaß – *Theres mit schmerzenden Füßen ab ins Haus. Flori kommt gelaufen.*
Flori	I sag dir's, bis von Berchtesgaden kommen d' Leut daher. Es is schier net zum Glauben, wie viel Freund der Kaspar hat.
Marei	*(deprimiert)* Flori, i sollt mi freuen heut, und mir is gradnaus bang –
Flori	*(halblaut)* I muss fei nachher weg, des weißt –
Marei	*(erschroken)* Heut?!!
Flori	Es geht net anders. Uns hat einer ang'redt'.
Marei	Wer?
Flori	Von der Stadt oaner. – Mir ham ihn net kennt, – der zahlt 20 Gulden für a jede Gams. Und i hab' a Rudel ausg'macht, oberhalb von der Wolfsschlucht, im Eis.
Marei	*(erschrocken und hilflos)* Naa, Flori – naa! Da ist vor zwoa Tag bei dem G'witter a Steinlawine runter. Und schaug dir den Himmel jetzt an!
Flori	I geh doch über'n Saugraben.
Marei	Da is vorigs Jahr der Falter Toni abg'stürzt.

Flori   Unterhalb vom Eis weiß i an Platz für a
        Nachtquartier, wenn's dumm geht.
        Marei ist mit der Wilderei schon lange
        nicht mehr einverstanden. Ihr redlicher
        Sinn, vor allem aber ihre Angst um die
        Männer lassen sie alle Vorsicht vergessen.
        Ohne auf die anwesenden Kellnerinnen
        und Burschen Rücksicht zu nehmen,
        sagt sie mit großer Intensität und unvor-
        sichtig lauter Stimme, was sie besorgt.
Marei   Bist du narret! Der Simmerl hat dich
        scho zweimal beinah erwischt. Wennst
        heut fehlst, braucht er dir bloß nach und
        hat di scho!
Flori   *(leise und rasch)* Andersrum werd a
        Schuh draus. Die Jager verlustiern sich
        da beim Freibier – und i hab droben
        mei Ruh. Nach der Feier kommt ma der
        Kasper dann nach zum Schleppen.
        Der Stutzen is oben versteckt. Wenn mi
        unterwegs wer siecht, gibt's wieder
        kein' Beweis. Erst wenn ma mich mit'm
        G'wehr antreffert –
Marei   *(heftig)* Flori, gebt's a Ruh! Die Schul-
        den sind so gut wie zahlt. Schlimm ge-
        nug, dass's auf a unredliche Weis'
        g'schehn is. Ihr seids ja wie besessen.
        Was wollts denn noch alls riskieren?!

Während der letzten heftigen Sätze ist der herzogliche
Jäger Simmerl eingetreten. Im Gegensatz zu Flori und
Marei, die sich in den letzten Jahren nicht verändert

haben, ist Simmerl sichtlich älter geworden. Er ist,
wenn man so will, ein tragischer Fall. Seine Redlichkeit
wird durch seine Humorlosigkeit absorbiert, und was
er an Beharrungsvermögen besitzt, verkehrt sich zu
seinem Nachteil, weil er allenthalben unbeliebt ist.
Dass Marei ihn wegen Flori verließ, hat in ihm einen
tieferen Defekt verursacht, als er je zugeben würde.
Dass dieser Flori, dessen Namen er stets feindselig amt-
lich »Florian« ausspricht, vor seiner Nase wildert, ohne
dass ihm jemals etwas nachzuweisen wäre, hat den
Simmerl in eine Feindschaft getrieben, die seinem ruhi-
gen, langweiligen Wesen im Grunde fremd ist. Sim-
merl wäre im Grunde ein Mann, wie ihn eine Frau sich
wünschen sollte: zuverlässig, solide, dazu im festen
Dienstverhältnis beim Herzog. Aber Marei denkt mit
dem Herzen, nicht mit dem Kopf. Simmerl legt die pe-
netrante Freundlichkeit an den Tag, in die er sich rettet,
wenn er dem Nebenbuhler begegnet. Er hat Mareis
letzte Worte zwar nicht verstanden, aber am Tonfall
gehört, dass sie den Florian schimpft. Das freut ihn.

Simmerl	Bravo, Marei – beiß'n z'samm! »Das Weib sei untenan dem Manne«, hoaßt's, aber bloß wenn's a richtiger Mo is.
Flori	*(fürchtet sich nicht vor dem Jäger und kontert)* Du halt di z'ruck! Gell!
Marei	Zum Gratulieren bist fei z' früh. Der Großvater is no net da.
Simmerl	*(mit falschem Grinsen)* Macht nix. Ich hab Zeit. Heut passiert nix im Revier. Heut san alle Wilderer da herunten – haha –

Flori Lustig.

Marei Bier gibt's aa no koans –

Simmerl Doch – ich hab a kloans Fassl mit'-
bracht – für mein' Jagdhelfer.

Marei *(ungläubig)* Du machst uns a G'schenk?

Simmerl Der Senftl kommt auch und spendiert
was.

Marei Jetzt glaub i bald wieder an'n Oster-
hasen.

Simmerl *(zu Flori)* Kumm – hilf ma's reintra-
gen. *(höhnisch)* Und schön freundlich
sein, wenn man was g'schenkt kriegt –
und schön bedanken nachher, komm –
*Flori, mit grimmigem Gesicht, und Sim-
merl gehen hinaus. Theres begegnet
ihnen. Die Burschen und Kellnerinnen
sind ins Haus gegangen.*

Theres Da schau her – die san doch sonst wie
Hund und Katz. – Könnt i jetzt mit dir
was reden?
*Nach Mareis wegwerfender Handbe-
wegung hat Theres nun Gelegenheit
herauszufragen, was sie so brennend interessiert. Sie tut es vorsichtig und weit
ausholend. Marei arbeitet währenddessen, macht Tische sauber, deckt und
bereitet für die Gäste vor. Das Geschwa-
fel der Tante aber beeindruckt sie und
macht sie ärgerlich.*

Marei Hast a Ratscherei g'hört?

Theres Ja. I glaub's ja net, i bin ja die Letzte, die
auf a Ratscherei hört –

74

Marei	Wird g'sagt, wir hätten g'wildert? Des hätten andere auch schon in der Gemeinde.
Theres	Naa, des bekümmert nur 's Gericht, wenn ma derwischt wird.
Marei	Was sonst?
Theres	*(leise und bedeutsam)* Dass – äh – dass s' net derwischt worn san. – Schaug, die Leut sagen, vor a paar Wochen, an der Halserspitz, – da haben die Jager die ganze Nacht auf der Lauer g'legen. Und dann ham sie 's ausg'macht, im Frühlicht, ganz deutlich, alle zwei! Ham's 'trieben zur Schlucht in ein'm Kesseltreiben und dort –
Marei	*(ärgerlich)* Was soll dort g'wen sein?
Theres	*(geheimnisvoll)* Dort ham's lediglich den Flori g'stellt. Ohne Stutzen noch dazu – nicht zum Nachweisen, dass er g'wildert hätt'.
Marei	Also – was gibt's dann zum Ratschen?
Theres	Dass – der Kaspar verschwunden war!
Marei	Er wird scho net droben g'wesen sein.
Theres	Er war drobn. Er ist vom Rand der Schlucht verschwunden, wie vom Erdboden g'schluckt.

Marei muss sich beherrschen, die Alte nicht anzufahren. Sie möchte ihr am liebsten erklären, dass Fleiß keine Hexerei ist, dass die Brandners Glück hatten, dass alles mit natürlichen Dingen zugeht. Aber genau das würde Theres nicht hören und nicht glauben wol-

len. Sie will die Gerüchte, die Übertreibungen, die Unbegreiflichkeiten. In diesem Augenblick kommen Simmerl und Flori vorbei. Sie tragen gemeinsam ein Fass Bier ins Haus.

Flori Schau, Marei –! Kloa, aber immerhin –
Simmerl Jetzt zapf ma o, und na trink ma mir
      zween den ersten Schluck mitanand –
Marei Jaja, geht's nur zua.
Theres *(flehentlich und sensationslüstern)* Marei,
      i derf die Wahrheit wissen! Is dir nie was
      aufg'fallen?
Marei Theres, des san Märchen.
Theres *(hält Marei am Arm fest)* D' Leut sagen,
      es geht net zu mit rechten Dingen! Kein
      Ausweichen war net möglich da dro-
      ben – er hätt' sich hundert Klafter tief in
      die Schlucht stürzen müssen, – und da
      wär er tot g'wen!
Marei Des is doch gradnaus zum Lachen –!
Theres *(leise und angstvoll)* Naa – zum Lachen
      is des nimmer. – G'sagt wird, er is
      mit'm Teufel im Bund, er wird net der-
      wischt, weil er in Höllenschluchten
      springt, – der Teufel hat eahm aa 's Geld
      verschafft –. Die alt' Sixtin von Finster-
      wald hat heut g'sagt zu mir: Schaug den
      schweflichten Himmel an! Und Anzeig
      is erstattet worden, heißt's, beim Bischof!
      Euer Pfarrer is zitiert, zum Auskunft-
      geben .– Is dir wirkli nix aufg'fallen, was
      net sei Richtigkeit g'habt haben könnt?

76

Marei	*(verzweifelt über so viel Ratscherei)* Mein Gott und Herr – bloß weil er fleißig war –? Als Jagdg'hilf, und nebsbei g'schlossert hat, Büchsen g'richt, die Landwirtschaft versehen –?
Theres	*(hört ihren Verdacht bestätigt)* In dem Alter so viel Kraft? Woher?
Marei	Vom Teufel net –!
Theres	Was treibt den rum? Des is ja a ganz a anderer Mensch; die Tollkühnheit, grad zum Ferchten! *(Flori erscheint in der Türe des Wirtshauses.)*
Flori	Marei – komm halt!
Marei	Jja! –
Theres	Und die Wahrheit?
Marei	*(schreit sie an)* Die Wahrheit? Schau ihm ins G'sicht – da steht die Wahrheit drin, und schäm di!
Theres	*(kleinlaut vor diesem Zornesausbruch)* Na ja, d' Leut reden ein' schier damisch.
Flori	Marei, geh zua!
Marei	Mei, is diese Welt ein Narrenhaus! *Marei läuft zum Haus. Simmerl kommt ihr entgegen, einen Bierkrug in der Hand.*
Simmerl	Marei! Kimm, steß mit mir o –
Marei	*(wütend)* Lasst's mir doch mei Ruah! Hab ma z'toa grad g'nua –! Wenn der Großvater kummt, werd aa no Zeit sei. Heut geht's um eahm und neamd andern.

Simmerl	Mei, bist du hantig heut'! Da hab i ja a Glück, dass i dir auskemma bi!
	Flori, Marei und Theres ins Haus ab. Simmerl bleibt heraußen. Gleich darauf tritt Senftl auf, sieht Simmerl und wird höhnisch.
Senftl	Dass i di da nur wieder siech, beim Freibier – und derweil schießen s' dir draußen dein Wald leer.
Simmerl	Des werd si bald ändern!
Senftl	Zeit waar's. Drei Monat Gnadenfrist hat dir der Herzog noch zuab'standn, wiest'n aus der Stadt g'holt hast, dass er endlich den Vierzehnender schießt, auf den er so lang passt hat – und in der Nacht davor patschen s' 'n dir vor der Nasen weg! Du Kampel!
Simmerl	Des is net erwiesen, dass der g'wildert worden is.
Senftl	*(ganz süß)* Naa – Flügerl san eahm g'wachsen und aufg'schwebt is er – pfeigrad in' Hirschhimmel. Pass auf, da kommst du auch amal hin – aber zu die größten Hirschen!
Simmerl	*(bockig ob der Schmähung)* Und wenn er's Revier g'wechselt hätt, ha?
Senftl	Des hätt' ma vernumma. – Naa, den ham die Teufeln g'schossen, die seit drei Jahr vor deiner Nasen macha, was eahna grad passt – und du schaust zua.
Simmerl	Wart bis morgen. Heut rennen s' mir in die Falle.

Senftl	*(plötzlich sehr interessiert)* A Falle?
Simmerl	Halt mir den Alten auf da herunten. Der derf mir net wieder dazwischenkommen mit seine Zauberkunststückl. I muss den Florian z'erst alloa derwischen.
Senftl	Der Alte is mir wichtiger.
Simmerl	*(deutet ans Hirn: »denk nach«)* Für den is der Junge dann der Köder! *Im Hintergrund hört man die Musik – Ziehharmonika und Gitarre –, die Brandner begleitet, näher kommen.*
Senftl	Aha – die Musi. Auf geht's.
Simmerl	Net weglassen von da.
Senftl	I sag, der Herzog kommt.
Simmerl	Kommt der wirklich?
Senftl	Ah wo –

Brandner tritt auf, begleitet von 2 Musikanten und einigen Freunden, die ihn in der Mitte geben lassen. Aus dem Hause kommen Flori, Marei, Theres, Kellnerinnen und Wirtsburschen, Gäste und amüsieren sich über den »Festzug«.

Flori	Ja, Kaspar, wo hast'n *die* Musi aufg'fischt?
Brandner	*(fidel)* Ah, die narrischen Gischpi'n, die san mir zug'laufen, und jetz zieh'n's scho den halben Tag mit – grausam – aber freuen tut's mi doch.
Senftl	Wie auf »Heilig Drei König«: Der Kaspar – und der Melchior und der Baltha-

sar. Der welcherne is da die schwarze
Seel'?

Brandner Die schwärzest' am Ort, moan i, allweil
no du!

Senftl *(schluckt)* Du traust dich was!

Brandner *(behaglich)* Was sollt' i ferchten? Warum
ferchten si überhaupts Leut vor andere
Leut? I versteh's nimmer. Aber scho gar
nimmer!

*Aus dem Hause kommen auch jene Musikanten, die
bisher die Musik im Hintergrunde spielten. Sie musi-
zieren mit den beiden Ankömmlingen in der Folge als
eine gemeinsame Kapelle. Sie stimmen jetzt schon in
die Auftritts- und Einzugsmusik ein. Während des
Dialoges sind von allen Seiten Freunde, Gäste und
Besucher aufgetreten. Viele von ihnen haben Sonn-
tagstracht angelegt, die Tegernseer, die Schlierseer, die
aus der Tölzer Gegend. Die meisten von ihnen sind
Bauern und einfache Leute, doch fehlen auch nicht
die Honoratioren, der Herr Pfarrer, der Kom-
mandant der Landesschützen, Jagdherren und Jäger.
Ein großes farbiges Bild ergibt sich, immer neue Leute kommen dazu, man applaudiert der Musik, es
herrscht eine frohe, gemütliche Stimmung, als man
Brandner zu gratulieren beginnt. Nichts geht schnell
oder hektisch vor sich, alles ergibt sich zwanglos. Theres ist wieder aus dem Hause gekommen. Wenn sie zu
weinen beginnt, so ist dies eine Mischung aus Angst
vor dem Verwandten, der mit dem Teufel im Bunde
ist, und der Sentimentalität über die irdische Ver-
gänglichkeit.*

Brandner Ja, die Theres is auch da.

Theres Ja, Kaspar *(sie bricht in Tränen aus)*

Brandner Na, was gibt's denn zum Trenzen –?

Theres Weil – weil – mir zwei scho so alt san.
*Gelächter. Brandner will Theres trösten,
sie läuft aber weg, ins Haus.*

Senftl No, Jubilar?

Brandner Du werst ma doch net auch gratulieren?

Senftl *(nickt)* Namens der Obrigkeit. Da
werst schaun.

Brandner *(grinst ihn an)* Vor zwei Monat hast
no probiert, dass d' mich aus meiner
Hütten verjagst, mit'n Gericht.

Senftl *(lächelt ebenso)* Warst ma im Weg.

Brandner *(erstaunt)* Warst?

Senftl *(strahlend)* A adeliger Preiß hätt dei
Hütt'n kaufen mög'n. Aber du stirbst.
Du stirbst ja net ums Verrecken.

Brandner Naa. Da werst schaun, wie i 's ewige
Leben hab!

Senftl Schweren Herzens find' i mich drein.
Und halt dir a Lobred.

Brandner Dass der Mensch a so lügen derf?

Senftl *(ärgert sich ein wenig)* Da schau hin,
jetz singen's dich an.

*Marei und zwei Mädchen (Volksmusik-Sängerinnen)
haben sich aufgestellt, um Brandners Lied zu singen,
von der Kapelle leise begleitet. Während des Liedes
vollzieht sich eine bäuerliche Ehrung für den Jubilar.
Brot, Salz und ein Zinnkrug Bier werden gebracht.
Brandner bricht einen Brocken Brot und taucht ihn in*

Salz. Kostet davon. Das Übrige wird an die Festgäste verteilt, während Brandner ihnen symbolisch zutrinkt. Dann überreicht man ihm kleine Geschenke und Blumensträuße. Das Ganze vollzieht sich als einfaches, allen bekanntes Ritual.

Marei und Sängerinnen
Nix hon i, und do leb i halt
mit Gottes Gnad.
Und 's Lebn oft oan' nit besser gfallt,
der ebbes hat.
Viel habn, viel Sorg, es is scho g'wiß,
wie leicht ho's i.
Grad dass mei Nix oft z'weni is,
des irgert mi.

Und dengerscht: 's hat mir Gott ja gebn
A fröhlichs Bluat
Und fragst, wie steht's mit Leib und Lebn,
Sag allzeit: »Guat!«

Brandner
Mei, geht's mir heut gut.
(Senftl tritt vor und beginnt seine Rede.)

Senftl
Lieber Kaspar –! Liebe Gemeinde und Befreundete. Unser ehrengeachteter Mitbürger, Herr Kaspar Brandner, hat heutigentages sein 75. Lebensjahr vollendet – und des is a Wort. Vor 75 Jahr, da hat die Welt no anderster ausg'schaugt. Sei Vater war noch a Leibeigener –

Brandner
Der deine aa.

Senftl	Jawohl. Und damals hat die Welt no anderst ausg'schaut.
Brandner	Da hat der greisli Kurfürst no regiert.
Senftl	Der vo Mannheim, ja. Und d'Franzosen ham a Mords-Revolution g'macht und die Leut die Köpf nur grad so abg'haut –. Der Napolium is bei uns erschienen und hat uns g'führt gega Tirol und Moskau und anderwärts –
Brandner	A schlimme Zeit.
Senftl	Aber unser Bayern is auferstanden aus der Asche sozusagen, alle zum Trotz –
Theres	Werd des a G'schichtsstund heut?
Senftl	*(ärgerlich)* Naa. Eine Welt hat sich verändert seither, will i damit sagen. Bloß unser Kaspar is sozusagen allerweil der gleiche blieben.
Brandner	Der gleiche Bazi meinst?
Marei	Moana taat er's scho, aber sagen darf er's heut net.
	Gelächter. Die Feierlichkeit der Rede weicht allgemeiner Vergnügtheit.
Senftl	*(ärgerlich)* Ihr seid's fei scho recht hagelbucherne Rammeln. Kein Sinn für a feierliche Red'.
Brandner	*(begütigend)* Doch, doch, Senftl. Die gute Absicht ist derkennt. Red weiter.
1. Bursch	Aber jetzt lob'n.
Senftl	*(holt tief Luft)* Desungeachtet all der Heimsuchung und der Plagen, die ihm auferlegt, voll Mannesmut und tugendsamem Stolz –

83

Brandner Jetz werd's a Predigt – *(Gelächter)*
Senftl Du warst scho immer a arger Hallodri
und hast d' Leut tratzt.
Brandner *(scheinheilig staunend).* Was du net
sagst –
Senftl Von dem, was d' mit mei'm Vatern
ang'stellt hast, red i net –
Brandner Des is fuchz'g Jahr her –!
Senftl Dem Festl hast seinerzeit an Mistwag'n
aufs Hausdach g'setzt –
Brandner Weil er hoamli die Nachbarn die Grenz-
stein versetzt hat.
Senftl Beim Höck hast nachts den Kamin
zuag'mauert, dass er im Rauch in der
Kuchl halbert derstickt is –
Brandner Weil er mir a derfei't's G'räucherts
verkaaft hat – des hab i eahm grad a
bissel nachräuchern müssen.
Senftl Die tugendsam züchtige Jungfrau Not-
burga hat sich seinerzeit bitter beschwert über dich –
Brandner Die hätt' dem halbertn Dorf d' Unsitt-
lichkeit nachsagen mögen – da hab i's
halt leider selber derwischt, im Wald,
mit am Jager.

*Großes Gelächter von allen Seiten. Senftl ärgert sich,
dass es seiner Autorität nicht gelungen ist, eine feierli-
che Lobrede zu halten, die er mit allerlei Tadel an
Brandners Charakter zu durchsetzen gedachte. Aber
die versammelte Gemeinde ist schon zu fröhlich, um
den nötigen Ernst aufbringen zu können. Und vor*

allem sieht der Kaspar seinen Kontrahenten mit so listigen und lustigen Augen an und wartet darauf, dass er wieder einen Witz machen kann, dass dem Senftl die Freude an öffentlicher Kritik vergeht, und er zum pathetischen Schluss kommt.

Senftl Aber die letzten Jahr hast gelebt, no – ma muss' zugeben – vorbildlich. Oft hab' i g'sagt, der fleißigste Mann in unserer Gemeinde is der Kaspar, – auf dass du dermaleinst dei'm Enkelkind, der tugendsamen Marei, a schuldenfreies Heiratsgut hinterlassen kannst, gehet unser Wunsch dahin, dass es dir bald gelingen möge und du die wohl verdiente Ruhe des Alters genießen kannst in zugemessener Behaglichkeit – in unser aller Namen –

Brandner Amen.
Gelächter und Beifall. Senftl macht eine ärgerliche Geste, aber Brandner tritt zu ihm.

Brandner Senftl, dei Red' war schön und hat mi recht ang'rührt. Wirkli. An so an Tag werd so a alter Depp wie ich ganz loami vor lauter Sinnieren. G'wiß. Heut Nacht – *(zu der Runde)* habt's ihr des auch scho g'habt, dass 's zum Himmel naufschaut's und denkt's: Wie werd's wohl da droben sein? Wie der Herr Pfarrer verspricht? A Herrlichkeit, wie's keine gibt auf Erden? So schee – so ewig? Aha –!? Und dengerscht pressiert's

koa'm, dass er hi'kummt. Am jeden
kommt's Fortgehn aus'm Leben hart an,
wie wenn's was ganz B'sunders wär'
dahier. Aber es huift nix. A jeder muaß
fort – mit oa'm Schlag und ganz
g'schwind. Oft wundert's mi, dass i lustig bin – *Betroffenheit über Brandners*
ernsthafte, aggressive Rede. Marei ist be-
sonders angerührt von seiner seltsamen
Stimmung.

Marei   Aber Großvater, grad extra dei Lustigkeit is doch dei Best's.

Brandner   Freili. Wer an guat'n Hanswurstl macha
ko, der ko was Besseres aa, sagt der
Spruch. Mit der Lustigkeit schadst
neamd, und des is freili wichti, dass d'
deine Nachbarn net zum Schaden
bist. Weil, allein bist nix, füreinander
samma vonnöten, und erst mit die anderen werd alls was wert.

Senftl   *(erstaunt)* Ah, du g'fallst ma.

Marei   Jetz hörst aber auf.

Senftl   Wir erhoffen uns, dass du G'spassettl
machst am heutigen Tag.

Simmerl   Und du haltst uns die irger Predigt
übers Absterben dahier?

Brandner   *(unbeirrt in seiner Ernsthaftigkeit)* Vor
der Mess' heut war i am Friedhof, – der
Stoa is scho ganz verwittert und verfal-
len in Staub, der über meiner Traudl,
meiner Tochter und meine Eltern steht.
Und nur i woaß no, wie s' ausg'schaut

ham – in mir san s' no lebendi – ich hätt'
ihrer noch lange Jahre bedurft, aber –
der »unerforschliche Ratschluss«, wisst's
scho –. Bloß i alter ausg'latschter Stiefi,
i bin allweil no da? Für was?

Marei   Jetz gibst a Ruh, Großvater. Du bist uns
vonnöten und gar is's.

Brandner *(sieht sie an. Nach einer kleinen Pause
lächelt er verschmitzt)* Ja? Wenn's a so is,
is alls gut, dann hab' i enk an wolternen
Pfarrer vorg'spielt.

Theres   Hast uns wieder derbleckt, du Hallodri.

Brandner Du spannst aber aa alles – I mach mein
Dank für die Ehrung – Glückwünsch
wern og'numma – samma fidel jetzt
alle mitnand und ganz lebendi – Musikanten, lässt's enk hör'n.
*Die Musik beginnt zu spielen. Zwei
Bierfässer werden hereingerollt. Einige
Gäste beginnen zu tanzen. Mädchen
sind in der Überzahl.*

Marei   *(zu ihrem Großvater)* Den Ehrentanz?
Magst?

Brandner *(Brandner tanzt mit ihr)* Hast
vernumma, wie mi der Senftl hat lob'n
müassen.

Marei   Und wie's ihm hart ankommen is.

Brandner Heut red i'n an, als Geburtstagswunsch,
dass er mir noch a Stück Land z'ruck-
verkauft, a vier, fünf Tagwerk. Dass wiederum Bauern werden aus uns.

Marei   Willst du di noch mehra abrackern?

Brandner	Für des bin i da. Jetzt geht's ja erst o, die nächsten fuchzeh' Jahr. – I nimm mir'n glei vor!
	Brandner und Marei hören auf zu tanzen. Marei sucht Flori, der schon während Senftls Rede verschwunden ist. Simmerl tritt zu ihr.
Simmerl	Dei Flori is fort. Der muaß a ganz a wichtig's G'schäft ham, an so am Tag –
Marei	*(heftig)* Der is glei wieder da! –
Simmerl	Moanst? Tanzt mit mir? So z'wider werd i dir doch net sein, oder?
Marei	Du bist mir gar net z'wider. *(Sie beginnt mit ihm zu tanzen)* Du tust dem Flori unrecht.
Simmerl	Müsst ma'n halt amal auf die Prob stellen.
Marei	*(unsicher)* Was hast jetz wieder im Sinn?
Simmerl	*(breit)* Müaßt ma ihm jemand schicken, der ihn anstiften möcht, beispielmäßig, dass er ihm was Unerlaubts besorgert – 'as Stück für 20 Gulden! –
Marei	*(bleibt erschrocken stehen)*
Simmerl	*(penetrant)* Was tanzt net weiter? – Wenn er so ehrli is, wiest du sagst, is ja nix zun Befürchten, oder?
Marei	*(tanzt weiter)* Freili net.
Simmerl	Und wenn's doch anderst wär – und er besteht die Prob' net, – ich trag dir nix nach, Marei, ich wär allerweil noch da für dich.

Marei	Wennst den Flori g'jagt und g'hetzt und zur Strecken bracht hast, moanst –!
Simmerl	*(setzt ihren Satz fort)* – wart' allweil noch a anständiger Mo auf dich. Auf des sollst denken.
Marei	*(schreit)* Pfui Teufel! Du – Pharisäer –

Sie lässt ihn stehen. Das wird von den Umstehenden bemerkt. Für den »G'stanzlsänger« (einen der Burschen) ist dieser Vorfall das Signal zu jenem spöttischen »Aussingen«, das zu so einem Fest gehört. Er springt aufs Musikpodium. Die Kapelle unterbricht mitten im Takt die Tanzmusik und intoniert a tempo die bekannte Einleitungs- und Zwischenmusik für altbayerische G'stanzln. Die Gemeinde freut sich der kommenden Frotzelei, hört zu, einige tanzen weiter. Der G'stanzlsänger singt höhnisch in Richtung Simmerl. Im Folgenden sind die G'stanzltexte nicht ihrer Reimzeile nach geschrieben, sondern in der Art, wie sie, jeweils vor dem Reim, rhythmisch skandiert werden.

G'stanzl-sänger	Manch an Jager, der koan Wuiderer fangt, ergeht's ninderscht schee, jetzt lasst'n neuerdings beim Tanzen 'as Deandl glatt steh' – *Zwischenspiel. Gelächter. Simmerl tut noch so, als ginge ihn das nichts an. Dem Brauch nach muss er jedoch antworten.*
G'stanzl	Woaßt, so Deandl is a Zither, wo drüber nix geht und grad dem macht's d' schönst' Musi, der 's Spielen versteht –.

89

Zwischenspiel. Gelächter. Der Simmerl tritt vor und stellt sich. Er singt die Antwort, als doppelte Strophe.

Simmerl   A gschnippigi, gschnappigi, dalketi, dappigi, – naa, da is's
aus, muaßt as haben im Haus,
Aber a willigi, billigi, rührigi, g'führigi, da is's a
Leb'n, kann koa lustigeres gebn.
Zwischenspiel. Die Gemeinde ist mit der Antwort zwar zufrieden, provoziert den 1. Burschen aber zu einer neuen Strophe.

1. Bursch   Möcht' so a Jaga sich beklag'n, er hätt' bei G'schnappige koa
Glück –. Wenn er g'schnappig in sein Wald
'neinruft, hallt's akkrat so zurück.
Zwischenspiel. Simmerl macht wegwerfende Handbewegungen und begibt sich zu seinem Bier. Er möchte nicht antworten. Also setzt der 1. Bursch fort.

1. Bursch   Jetzt werst allbot oaschichti' da draußd in dein Re-
vier, höchstens Schmetterling und Käfer findst noch, aber koan Rehbock gar nia.
Zwischenspiel. Gelächter.

Simmerl   *(spricht während des Zwischenspiels)*
Haha, könnt' mi' dotlacha. Hört's doch auf!

G'stanzl   *(von den Umstehenden wieder ermutigt, tritt nahe an Simmerl heran)*
Wennst jetzt aussigehst in dein

90

Wald, findst koa Viecherl no so
kloa, drum suchst a Deandl als Be-
gleitung, dass di net fürchst so alloa –!
*Zwischenspiel. Großes Gelächter. Sim-
merl stößt den 1. Burschen, der ihm
zu nahe gekommen war, zurück und
ärgert sich. Aus der Gemeinde kommen
weitere Rufe.*

2. Bursch Recht hat er. Ganz laar g'schossen ham
s' dir dein Wald. Den letzten Kuckuck
hat ma auf Michaeli g'hört!

3. Bursch Unser Herzog soll si aus Verzweiflung
auf d' Fischerei g'worfen ham.

1. Bursch A paar Mäus kennt ma dir schenken, zur
Aufzucht!

*Simmerl macht immer wieder seine wegwerfende
Handbewegung und wendet der lachenden Gemeinde den Rücken zu. Währenddessen hat die Kapelle
ununterbrochen den rhythmischen Vorreiter der
G'stanzl gespielt. Brandner, der beim Senftl sitzt, hat
die Derbleckerei mit Vergnügen quittiert. Jetzt geht
er zur Musik und singt seinerseits eine provozierende
Strophe.*

Brandner Jetzt muss i eahm aa eine naufschiessen!
(singt)
Ja so a Jager siecht
guat, aber in der Lieb is er
blind und i han die Be-
fürchtung, dass er a so koane mehr
findt'!

Zwischenspiel. Großes Gelächter. Sim-
merl, jetzt recht wütend, antwortet dem
Brandner, indem er die Marei erneut zu
beleidigen versucht.

Simmerl So a grandigi, handigi, hitzigi,
stützigi, da dank i
schee. Bua, da kunnt's oa'm vergeh' –.
Aber a schneidigi, freudigi, tüchtigi,
richtigi, die wird mei
Wei', ja da bin i dabei!
Zur Bekräftigung springt er mit einem
Satz zur Theres und beginnt während
des Zwischenspiels mit ihr unter dem er-
neuten Gelächter und vereinzeltem
»Uuuuh« des Missbilligens zu tanzen.
Andere schließen sich an.

1. Bursch *(zu Brandner)* Was is'? Tratz' ma'n weiter?

Brandner Naa, naa, sonst fangt er uns a Rauferei
an und für des is's noch z' fruah.

G'stanzl Schad. –

Der G'stanzlsänger winkt der Kapelle, die noch immer
die »Vorreiter« spielt. Sie setzt daraufhin mit einem
Zwiefachen ein. Die Gemeinde geht wieder zum Tan-
zen und Trinken über. Im Hintergrunde wird Essen
aufgetragen. Inzwischen sind alle Festteilnehmer ein-
getroffen. Die Tänzer des »Zwiefachen« tanzen den
etwas gravitätischen gemütvollen Originaltanz. Alles
ist dekoriert. Ein Bild großer Behaglichkeit. Marei ser-
viert und ordnet an. Simmerl lässt Theres aus und geht
zum Essen.

Theres (*kommt atemlos*) Ein Durchanand' is
des – alles z'weng dir.

Marei (*deutet auf eine Gruppe Mädchen*) Warum tanzen die Mädeln da net?

Theres (*sinkt auf die Bank und fächelt sich
mit der Hand zu.*) Ihre Burschen san
net da.

Marei Wie des?

Theres Die san vor zwoa Stund' den Berg
nauf, mit die G'wahr, wie zu anara
Treibjagd.

Marei (*erstaunt*) Heut', bei dem Wetter?

Theres Weiß auch net. Der Jager Simmerl
hat's g'schickt und am jeden an Gulden
versprocha.

Marei (*begreift schlagartig und sucht ihr Er-
schrecken zu verbergen*) Sachen gibt's!
Geh'n die leicht auf Mankei'n oder
zum Edelweißbrocka?
*Marei, die erkannt hat, welche Falle der
Simmerl gestellt hat, geht rasch zu
Brandner hinüber, der mit Senftl ver-
handelt.*

Brandner (*ruft ihr entgegen*) Marei – der Senftl
wär geneigt, denk dir nur – fünf Tagwerk vom »Senftl'schen Meer«!

Marei (*zieht Brandner beiseite und sagt leise
und in großer Angst*) Der Simmerl hat
dem Flori an Lockspitzel g'schickt,
20 Gulden für a jede Gams. Der Flori is
nauf, und oben san Burschen postiert.
Desmal fangen's eahm!

Brandner	Ausg'schlossen!
Marei	*(verzweifelt)* Wir müssen ihn z'ruck-holen, eh's z'spät is!
Brandner	Du und ich, wir können jetzt net weg. Des wär wie a Schuldeinb'ständnis.

Brandner, sonst sicher, gelassen und überlegen, ist plötzlich nicht imstande, seine Überlegenheit beizubehalten. Er ist unsicher und ratlos. Flori hinaufgelockt zu wissen und ihn nur unter Aufbietung aller Energie warnen zu können, ist zu viel für seine Entschlusskraft. Marei starrt ihn an. So kennt sie ihren Großvater nicht. Ihre Angst um Flori wird desto größer, je mehr der alte Mann zögert. Während der letzten Minuten war es zusehends dunkler geworden. Unter dem letzten Dialog hat es geblitzt. Jetzt ein lang anhaltender Donner. Die Musik bricht ab. Senftl spricht zur Gemeinde, während im Vordergrund, überlappend, der leise Dialog Brandner/Marei weitergeht.

Senftl	*(Hintergrund)* Auweh, Leut – mir ham scho a Pech!
Marei	*(flehentlich)* Die Burschen ham die G'wahr dabei –.
Senftl	*(Hintergrund)* Den ganzen Tag die Hitz, und jetzt geht's dahin –. I hab's so im G'fühl, des werd a Unwetter wie des gestrige –
Brandner	*(leise)* In a paar Minuten is die Gaudi da zu End.
Marei	So lang kann i net warten.
	Marei läuft davon. Senftl sieht ihr nach.

Senftl   Mir scheint, da hat eine Angst vorm
          G'witter.

Brandner *(ratlos, plötzlich alt und hilflos)* Mein
          Gott und Herr, was soll i denn nur toa?
          Blitz und Donner. Man beginnt ins
          Haus umzuräumen. Senftl geht langsam
          auf Brandner zu. Begegnet seinem Blick.

Senftl   No, Kaspar? Du wirst doch jetzt net
          weg wollen, wo der Herzog jeden
          Moment höchstselbst erscheinen kann.

Brandner Bei mir?

Senftl   Er will dir sein Ehrentaler überreichen,
          han i vernumma. Und wenn er kaam –
          und du waarst net da –

*Senftl lächelt Brandner an und steht ihm im Wege,
versperrt ihm das Weitergehen. Brandner sieht sich
um. Von der anderen Seite kommt der Simmerl auf
ihn zu und versperrt ihm den Rückzug. Klein, arm
und alt steht der Jubilar zwischen den beiden, die ihn
gelassen lächelnd betrachten. Sie sind sich ihres Sieges
sicher. Sie haben ihn in der Zange.*

Simmerl *(geht auf ihn zu)* No, Kaspar?

Brandner Hast jetzt dein Triumph, dass i mir
          koan Rat nimmer woaß?

Simmerl Versteh gar net, von was du redst. Des
          is doch dei Triumph heut. So viel Ehr
          von alle Seiten.

Brandner *(noch immer unsicher)* I kann net
          bleiben.

Simmerl Aber der Herzog –!

Senftl	*(jovial)* Wir reden drin weiter über'n Rückkauf. Hast die richtige Stund' derwischt. Heut waar i geneigt. Simmerl, 's Regnen fangt's an.
	Regen setzt ein. Blitz und Donner. Alles läuft ins Haus. Die Totenglocke ist zu hören.
Theres	*(kommt gelaufen)* Kaspar, komm doch!
Brandner	Die Totenglocken!
Senftl	Des is's Wetterläuten, drunt vom See.
Brandner	Naa, des is die Totenglocken! I kenn s' doch!
	Aus dem Haus wieder Tanzmusik.
Senftl	Horch, sie spielen wieder. Komm!
Brandner	I muaß jetzt helfen! Mir kann ja nix g'scheng! *(läuft fort)*
Senftl	Halt aus!
Simmerl	Lass'n. Er holt den Florian doch nimmer ein.
Theres	Was hat er denn?
Senftl	Er werd halt langsam alt.
Simmerl	Jetzt geht's dahin mit eahm.
Senftl	Lang g'nua hat's dauert.

Vorhang

4. Bild

Noch bei geschlossenem Vorhang setzt festliche Musik ein. Bei flüchtigem Hinhören lediglich gängige Barockmusik, in der Händels »Halleluja«-Rufe verarbeitet sind. Bei genauem Hinhören aber sollte man erkennen, dass auch bayrische Landler und Klänge des mit Recht berühmten bayrischen Defiliermarsches kontrapunktisch im Strom der Töne schwimmen.

Wenn sich der Vorhang öffnet, sieht man auf einem undurchsichtigen Schleier eines jener barocken Sonnenembleme, auf denen lange goldene Strahlen von einem Mittelpunkt aus leuchten. Dieser Mittelpunkt kann eines jener Dreiecke sein, aus denen das Auge Gottes blickt, kann aber auch die weißblauen Rauten des Landes enthalten. Vielleicht schwebt aber auch einer jener Engel, Putto genannt, inmitten, und weist uns den Weg ins barocke Paradies. Das Sonnenemblem wird schwächer, wird durchsichtig. Dahinter taucht das Bühnenbild auf: die himmlische Kanzlei. Gedacht wie Bauten und Räume barocker Deckengemälde in Kirchen, auf denen zu sehen ist, wie Treppen, Säulen und Wände in Wolken stehen, halb von den Wolken verdeckt, frei schwebend in der Ewigkeit, im Blau. Die himmlische Kanzlei wird begrenzt und gebildet von drei Toren. Links ist sozusagen der Auftritt von der Erde her, rechts geht es zu den »Ne-

benräumen«, in die sich der Portner und die Seligen gelegentlich zurückziehen. Im Hintergrunde dominiert als riesiges Tor ein Hochaltar – etwa der, den François Cuvilliés für die Kirche in Dießen am Ammersee schuf. Die mächtigen Säulen, der reich verzierte Aufsatz darüber. Nur fehlt der Altartisch, und an Stelle des Altargemäldes sind zwei große Flügeltüren eingesetzt, durch die man in die Ewigkeit gelangt, ins ewige Licht. Der Hochaltar ist also die Pforte in den Himmel. Auch fehlen alle Darstellungen des Leidens Christi, denn in der himmlischen Kanzlei herrscht Heiterkeit. Das Irdische liegt hinter uns, der Sündenfall ist überwunden, die Erlösung vollzogen.

Der Kanzleibezirk wird gebildet von hohen, schönen Bücherregalen, wie man sie etwa in der Klosterbibliothek des Stiftes Melk an der Donau findet. In den Regalen würdige Folianten, andere Bücher auf schweren geschnitzten Lesepulten. Ein großer Schreibtisch mit Lehnstuhl als Platz für den Portner, den heiligen Petrus. Erd- und Himmelsgloben sind vorhanden sowie ein meterhohes Instrument auf einem barocken Gestell in Art der Globusgestelle, halb Fernrohr, halb Brennspiegel: der »Fraunhofer«, mit dem man auf die Erde hinuntersehen kann, benannt nach seinem Erfinder, dem damals schon seligen Münchener Gelehrten Joseph Fraunhofer (1787–1826), der verbesserte Fernrohre baute und die Spektralanalyse entdeckte.

Alles hier wirkt leicht, licht und graziös. Sogar die zahlreichen Aktenstücke und großen gebundenen Journale auf dem Kanzleitisch verbreiten keine Büroatmosphäre. Die Seligen und Heiligen, die im Laufe der Zeit auftreten, tragen Gewänder, die in Form und

Schnitt das Jahrhundert ausdrücken, aus dem sie stammen, doch sind die Farben dieser Gewänder durchweg sehr hell, in allerzartesten Pastelltönen gehalten.

Während das Bild hinter dem Schleier sich langsam erhellt und das Sonnenemblem verschwindet, wird die Musik leiser und ferner. Man hört, wie Spielkarten auf einen Tisch gedroschen werden, und sieht, aus dem Dunkel auftauchend, im Vordergrund beisammensitzen:

Michael, *den bekannten Erzengel im barocken Gewand à la Ignaz Günther mit großen Flügeln und graziösen, tänzerischen Posen,*

Nantwein, *den fast heiligen Nantovinus, im Pilgergewand von 1268, mit langen Locken, wirklichen historischen Märtyrer aus Wolfratshausen, und*

Turmair, *Johannes mit Vornamen, Wissenden unter dem Namen Aventinus bekannt, Historiker, in der Tracht von 1540.*

Die drei dreschen voll Inbrunst Karten. Michael gewinnt. Turmair sieht Nantwein vorwurfsvoll an, zeigt ihm einen Stich und schüttelt den Kopf. Nantwein winkt resignierend ab. Vor den dreien stehen leere gläserne Bierkrüge. Sie klopfen daran. Die Krüge füllen sich wie durch Zauberei. Sie trinken behaglich. Über die leise gewordene Musik hört man das Näherkommen des rasselnden Fuhrwerks des Boanlkramer.

Nantwein *(stets eifrig und streberhaft)* Appropinquat quidam.

Michael *(erhebt sich und tänzelt dem Ausgang zu)*

Turmair 's Flammenschwert!

Michael *(bleibt stehen und ärgert sich)* Herrschaft, jedsmal vergiss i's! *(holt es)*

Nantwein *(gibt Michael eine Liste)* Memento
mortis. Lista Boanlkrameriensis.

Michael *(schaut auf die Liste und wundert sich)*
So wenig Aufträg' für'n Boanlkramer?
Ruhige Zeiten.

*Als Michael hinausgegangen ist, sieht
Nantwein noch einmal den Stich an.*

Nantwein Cor! Cor! Cur cor? Cor supremum erat.

Turmair Herz hat a jeder Mensch, hab i denkt.
Den pack i dant, hab i denkt –. Tu ma
die Karten weg, wenn die neue Seele
kommt. Drunt gilt des als Sünd. – Wer
des aufbracht hat, möcht i wissen. Aber
da ham sich ja viele Irrtümer eing'schli-
chen im Lauf der Jahrhunderte.

Nantwein Errare aeternum est.

Turmair Et etiam in coelum.

*Sanfte Musik erklingt, die Tür links wird
geöffnet. Michael führt Marei herein.
Sie trägt das gleiche Gewand wie im
3. Bild. Michael wieder ab. Marei sieht
sich schüchtern um.*

Turmair Nur zu, Marei.

Marei Mit Verlaub, Euer Heiligkeit.

Turmair I bin koa Heiligkeit. Ich bin bloß der
selige Johannes Turmair. Und des is
der Nantwein.

Nantwein *(stolz)* Nantovinus eram.

Turmair Nur näher – net schüchtern.

Marei	Vergelt's Gott – *(erschrocken)* Derf ma des da herobn sagen?
Turmair	Ja, du bist guat, was denn sonst.
Marei	*(unruhig)* Bittschön, wieso hab ich hierher kommen müssen – *(sie korrigiert sich)* ich mein, dürfen?
Turmair	Das sei dir vom Portner gesagt, der die Seelen aufnimmt und weiset.
Marei	Vom heiligen Petrus?
Turmair	*(nickt)* Vom Portner in Ewigkeit und allerorten.
Marei	Wo is er denn, bittschön?
Nantwein	*(würdig)* Ad sausicios albos.
Marei	Wo?
Nantwein	Bei die Weißwürscht.
Turmair	Es is grad die Zeit.
Nantwein	Wir ham zwar koa direkts Zwölfeläuten heroben, aber man hat's so im Gefühl, wenn s' recht san.
Marei	*(hat kaum zugehört. Sie ist voll Angst und Verwirrung)* Was is denn nur g'scheng? I bin durchs Gewitter g'rennt – und dann –
Nantwein	Hat der Boanlkramer nix verraten?
Marei	Der hat nur allerweil g'seufzt, dass er grad mich zum Passagier haben muss.
Turmair	Hast Angst um dein Flori?
Marei	*(aus tiefstem Herzen)* Ja.
Turmair	Lass ma s' durch'n Fraunhofer schaun?
Nantwein	*(sieht durch, seufzt):* Ah – Wolfratshausen *(oder ad lib. den Ort der Aufführung; lässt dann das Marei durchschauen)*

Marei   Vergelt's Gott tausendmal. – Da sin die
           Blauberg – der Halserspitz – weiter
           nüber, bittschön. – Die Wolfsschlucht,
           da muss er sein. *(greift selbst an das
           Gerät)* Des G'witter is immer noch. –
           Da is a Steinschlag runter – *(erschrickt)* –
           um alles, da liegt a Gestalt. Ist das er?
           Oder net?
           *Während der letzten Sätze aus der Ferne
           feierliche Musik.*
Turmair   Der Portner kommt. Hörst, Marei.
Marei   *(hört nicht)* Ich kann's net erkennen. Ich
           seh' das Gesicht net.
Nantwein   Das ist net der Flori. Das bist du, Marei,
           die da liegt.

*Der Portner tritt ein, im grauen Gewand mit blauer
Stola, wie Kobell ihn beschreibt. Turmair und Nantwein weisen auf Marei hin, schließen das große Tor
und gehen nach rechts ab. Marei nimmt von all dem
keine Notiz. Erst als der Portner sie anspricht, fährt
sie herum und fällt auf die Knie.*

Marei   Ich lieg' da unten? Und wo is er? Koa
           Mensch rundumadum, – die Burschen
           net und net der Großvater!
Portner   *(nett)* Hängst noch so sehr am Leben?
Marei   *(kniet)* Euer Heiligkeit, er ist in Gefahr.
Portner   Meinst?
Marei   *(aufgeregt)* Die schießen ihn tot – und
           dann –
Portner   Was dann?

102

Marei   *(unsicher)* – dann –

Portner   – kommt er hierher, zu dir. Was gäb's da zum Ängstigen?

Marei   *(unsicher)* Ja, *kommt* er hierher?

Portner   Marei, du bist im ewigen Frieden. Und wie lang 's auch dauern mag, bis dein Flori dir folgt, es wird nur eine ganz kleine Weile sein.

Marei   Ja. – Aber noch hab i Angst.

Portner   Wir schreiten durch dies Tor da, und sie fällt von dir ab, mit dem Zeitlichen. Angst haben, das bedeutet: sich fürchten vor Bösem, oder dass man etwas verlieren könnt'. Hier gibt's keine Angst, weil alles Bestand hat und gut ist von Anbeginn und gut für alle. Willst das nicht auch deinem Flori gönnen?

Marei   Ja freili. Bin ja scho staad.

Portner   *(zum Tisch, liest aus dem großen Journal)* Du bist in der Finsternis gelaufen – abg'stürzt in Hast, hundert Klafter tief –. »Danzl, Maria Katharina, aus Albach gebürtig, hat redlich gelebt und niemalen Schaden getan an Menschen und Seelen, durch Gnade heimzurufen im zweiundvierzigsten Lebensjahr –« *(stutzt)* Zwoaravierzge? *(sieht sie an)*

Marei   *(schüttelt den Kopf)* Vierazwanzig.

Portner   *(ganz aus dem Konzept)* Jetz des is g'spaßig. Haben die sich da verschrieben?

Marei   G'hör' i am End noch net rauf?

Portner   Doch, doch – *(liest weiter)* im 24. Le-
          bensjahre, auf dass ihr erspart werde
          viel Leid und Qual, so anders den fer-
          neren Lebensweg hätten gekreuzt.«
Marei   Dankschön in Demut.
Portner   »Wird erwartet in Sehnsucht von ihren
          Eltern und Großeltern, der Traudl, dem
          Kaspar –«
Marei   *(erschrocken)* Der Großvater is auch
          tot?
Portner   *(erstaunt)* Scho lang doch –
Marei   Naa – der müsst nach mir kommen sein.
Portner   *(sieht im Journal nach)* Seit drei Jahr is
          er da.
Marei   I will mi ja net gega die heilige Allwis-
          senheit versündigen, aber grad war er
          no drunt.
Portner   Drunt? – Geh!
Marei   Wenn Euer Heiligkeit vielleicht abi-
          schaun möchten?
Portner   *(sieht nach einigem Widerstreben durch
          den Fraunhofer)* Ja, verreck!
          *Der Portner schwingt die Tischglocke.
          Turmair und Nantwein stürzen herein,
          Weißwürste essend.*
Portner   Ruft's ma den Boanlkramer, aber sofort.
Turmair   *(mit vollem Mund)* Der is net da.
Nantwein Is ohne Gruß auf und davon wie der
          Wind.
Portner   *(donnert)* Dann holt's man ein! – Be-
          eilung, Beeilung! – Engerl her, junge,
          g'schwinde, und nach!

104

Nantwein läuft diensteifrig hinaus, die
Weißwurst zwischen den gefalteten
Händen. Der Portner geht ans Aktenre-
gal und sucht. Turmair wartet, kauend.

Portner *(grantig)* Des Journal von vor drei Jahr
müsst doch da stehen! I begreif des net.
So was is die letzten tausendachthundert
Jahr nimmer fürkemma, seit wir aus'm
Orient umzogen sind. Damals hat's noch
hie und da Schlamperei 'geben mit
g'wisse Sekten – aber so was – naa!

Marei 'leicht trifft 'n Boanlkramer koa Schuld.
Der Großvater is a eiserner Dickkopf.

Portner Des san s' alle, die Bayern.

Turmair Mit ihrem Grant in Ewigkeit.

Marei Der werd si heroben scho legen.

Portner *(ärgerlich)* Ah, woher.

Turmair Den müss' ma am jeden lassen –

Portner   – sonst machen s' uns womögli no
Reformation.

Marei *(ungläubig)* Jetzt werd i derbleckt.

Turmair G'wiß wahr!

Portner No, der Herzog Tassilo der Dritte –
weißt no?

Turmair Und ob! Wie der anno 803 raufkommen
is nach am argen Martyrium, glei sucht
er sein' Vetter, den Karl den Großen. Er
möcht' ihn aufmischen, der Karl wüsst
schon warum.

Portner Der war zum Glück noch auf Erden,
und später hat er ins Fegfeuer müssen
wega die Sachsen und auch wega Bayern.

Marei   Und wie er dann kommen is?

Portner   Ja, der is noch net da.

Marei   *(erstaunt)* Aber der is doch heilig g'sprochen.

Portner   Ja, in Rom!

Turmair   Des gilt doch bei uns nix!
Nantwein kommt zurück.

Nantwein   Wir ham den Boanlkramer.

Portner   Wo war er?

Nantwein   Bei die Passionsspiel zu Erl hat er si verkrochen. I hab'n dersehng.

Portner   *(weist auf Nantwein, zu Marei)* In Passionen kennt er si aus, der Nantwein, weil – ihm ham s' an Märtyrertod bereitet, damals – in Wolfratshausen.

Marei   Aus Unglauben?

Nantwein   Ah wo! Weil s' an Heiligen braucht ham. Zwölfhundert –

Turmair   – achtundsechzig.

Nantwein   *(grantig)* Ja, i woaß. Meinst, i woaß des net, 1268! Ham s' mi verbrennt, oder di – !? – Gschaftlhuber.

Portner   Damals hat schon a jede Gegend an heiligen Mann g'habt. Bloß die Wolfratshauser noch net.

Nantwein   Da bin i als Rompilger daherkomma – wohlhabend und gottesfürchtig.
(Portner und Turmair sehen ihn ironisch an) Für Wolfratshausen hat's g'langt!!

Portner   Und weil a Heiliger tot sein muss, dass er a Heiliger wird, ham s'n in Gottsnamen umbracht.

Nantwein *(stolz)* Und jetzt werd ich verehrt.

Marei *(schüttelt den Kopf)* Sowas könnt' heut'
nimmer fürkemmen.

Portner Jaja, die Bayern sind aa nimmer des,
was s'amal waren. – Marei, jetzt wünsch
dir wen, der dich in die Ewigkeit geleitet. Wen möchtst?

Turmair An Gelehrten vielleicht? Der dir alles
erklärt? Denen offenbaren sich hierorts
alle Geheimnisse der Schöpfung.

Portner Und wenn s' alles wissen, dürfen s' alles
wieder vergessen und von neuem begin-
nen. Da strahlen s'!

Turmair Oder an Künstler?

Portner Die schaffen hier befreit von Missgunst,
Dummheit und Kritik.

Turmair Und ham ihr Ruah. Wenn s' grad geni-
al san, kommt net die Frau penzen:
»'s Essen werd kalt« –

Portner An bayrischen Dichter? – Der Wolf-
ram von Eschenbach wird oft verlangt
und kommt auch recht gern –

Turmair *(grinst)* B'sonders bei Mäderln –.

Portner An Musiker? – Den Gluck –? Den
Orlando –? – Der Mozart is aa
mehra bei uns wie bei die Österrei-
cher. Die san eahm zu ungewiss –

*Marei sieht staunend von einem zum anderen. Ihre
Angst von vorhin ist verschwunden. Sie strahlt und
leuchtet in der Vorfreude auf die kommenden Freuden des Paradieses.*

Turmair Oder magst den Kaiser Ludwig den
          Bayern –

Marei   Geh, an Kaiser – für mi –?

Nantwein Koa Schüchternheit wär net vonnöten.
         Die großen Namen sind hier deines-
         gleichen. Und du wirst sein wie sie.

Marei   Gang net ganz einfach von mir dahoam
         wer?

Portner *(lächelt über Mareis Bescheidenheit)* Is
         scho wer da.

*Portner zieht an einem Glockenband, fern ein zartes
Läuten. Nantwein öffnet das große Tor. Dort steht im
hellen Licht die Darstellerin der Theres, anders fri-
siert, im pastellfarbenen Gewand von 1835, begleitet
von Michael mit dem Flammenschwert, der sie zu
Marei führt. Nantwein ab nach links, den Boanlkramer erwartend.*

Afra   Willkommen dahoam, Marei.

Marei   Theres –? Du bist da? – Aber nein, du
         bist net die Theres.

Afra   Kennst mich doch nimmer. I bin die
         Großmutter von der Theres. Die Afra.

Marei   Die liebe alte Afra –! Die jahrelang
         siech war und so elendi g'storben is. –
         Aber so jung? Schaugst jünger aus wie
         dei Enkelin.

Portner Im Paradies nimmt a jeds des Alter an,
         was ihm am besten g'fallt. Was glaubst,
         warum so viel Engel kleine Kinder sind?
         Des hat doch alles sein Grund.

In diesem Augenblick ertönt aus großer Entfernung eine Musik, ein Trommelrhythmus, über den klingen allerlei Zitate aus allerlei preußischen Militärmärschen, wie etwa »Lott is dot, Jule liecht im Sterben, wennse det noch weitatreibt, kann ick ihr beerben« und Ähnliches. Die Anwesenden horchen auf, die Fröhlichkeit weicht einer gewissen Kümmernis. Marei kann sich das veränderte Benehmen der Seligen und Heiligen nicht recht erklären. Sie staunt und fragt. Das Marschkompott kommt näher und wird lauter.

Turmair A Marsch?

Portner *(seufzt)* Kommt wieder a Preuß.

Marei *(staunt)* San die da auch?

Turmair *(verzweifelt)* Wo net!

Portner Aber wir lassen s' net rein. Sonst waar's ja koa Paradies mehr. *(Marei atmet auf)*. Hoffentlich is's net der große Kurfürst oder der Soldatenkönig. Da werd's allweil so laut.

Turmair *(schaut durch den Fraunhofer)* Der Zieten is's, der Generalhusar.

Portner Der kommt wieder kundschaften!

Turmair Oder er hat a unangenehme Botschaft.

Marei Woher kommt der, bittschön?

Portner Aus 'm Preußenhimmel.

Marei *(staunt noch mehr)* Die ham an eigenen?

Portner Und was für ein! Immer nach der neuesten Mode eing'richt ... Andauernd werd um'baut, umg'räumt, umg'nennt.

Marei Wie des?

Portner Weil für die Preußen der Himmel immer
des is, was grad anderswo modern is.
Die schicksten Ortschaften, die neuesten
Modetänze, die Gewänder, wo grad
anderswo 'tragen werden, und wenn's
bei die Neger is –. Was die scho alles
nachg'macht ham. Griechenland, Frank-
reich –

Turmair Sparta! Sparta! Des hätten s' gern derglengt.

Portner Im Moment san mir dran.

Marei Bayern?

Turmair *(nickt und sagt mit spitzem Munde)*
Die alpenländische Sepplwelt.

Portner Oder was die halt drunter verstehn.

Marei Wie schaut's na bei dene im Himmel
aus?

Portner Woaß net. Die lassen dort zwar an jeden rein, aber i hab noch kein troffen,
der da freiwillig –

Turmair Sollt ma'n Zieten amal fragen?

Portner Der is ihr offizieller Gesandter –

Turmair Und inoffiziell spioniert er, der Gaudi-
bursch, der trockene, wie's bei uns aus-
schaut.

Marei Derf der des?

Portner Ja weißt, unser Himmel is der siebte.
Und der preußisch' a Vorstuf zum ersten. Aber des wissen s' net, und des
g'langt auch. Grad manchmal kimmt's
eahna net ausreichend vor, und na
schicken s' an Kundschafter.

Turmair	Weißt, nach dem Motto: »Wir ham zwar in Preußen keine Berge, aber wenn wir welche hätten, wären sie höher!«
Michael	Wie lang soll i jetzt da no umanander stehn und mir euern Schmarrn anhören, euern politischen. Zeit werd's, dass die Seele da heimkehrt – bevor i windi werd.
Portner	Er hat ja Recht. Der Preuß soll warten. – Komm, Marei, über die Schwelle, wohin du verlangst.
Marei	Zu die Meinen.
Portner	Nach Haus halt. Komm.

Während der letzten Sätze wurde das Licht hinter dem offenen Tor stärker. Der Marsch ist verklungen. Nun ertönt aus dem Hintergrund ein langsamer Gesang – ein Andachtsjodler – ohne Text. Portner und Afra geleiten Marei durch das Tor. Turmair und Nantwein ab. Die Bühne bleibt einen Augenblick leer, dann tritt Hans-Joachim von Zieten, 1699–1786, in heller Uniform ein. Sieht sich um. Er spricht seinen »klassischen« Text mit beliebig preußischem Akzent.

Zieten	Keener da. Ei, det schon wieder. – Traun fürwahr, undenkbar wäre dererlei in unseren Kontoren. He, Portner, he! – Und Portner auch, auf dass die Extrawurst gebraten sei in südlicher Manier heißt's »Portner« –. Portner!! Nicht Portier –! Dies kropf'ge Idiom, just kraus genug, dass nicht einmal im Paradiese es zu erlernen uns vergönnt und unverständlich

jedem Brandenburger bleibt, was Bayern
äußern. Flöss nicht der milde Tau der
Seligkeit in meinen Adern, ich müsste
mir die Mauke ärgern. Doch, gemach,
Hans-Joachim, beut trutzig Halt des
Zornes Wallen. Du bist ja selig – bis ins
Mark! *(Turmair tritt wieder ein.)*

Turmair Ja, der Herr Zieten. Welche Ehre.

Zieten (salutiert) In besonderer Mission.

Turmair Was gibt's?

Zieten Geheimer Auftrag. Nur für Portners
Ohr. Ein Casus voller Peinlichkeit.

Turmair So?

Zieten Ja! Indes, wie wär's?

Turmair Was denn?

Zieten *(vertraulich)* Ein Blick.

Turmair Wohin?

Zieten Je nun, ins Innere!

Turmair In unsern Himmel?

Zieten Ja, doch, ja. Dass man vermelden könnt
und wohl auch profitieren.

Turmair Geh, bei uns Primitive gibt's doch nix
zum Profitieren.

Zieten *(glaubt das nicht)* Ihr habt Besonder-
heiten. Blick ich umher in eures Him-
mels Hallen, so fällt mir auf: – die
Ähnlichkeit.

Turmair Was Ähnlichkeit?

Zieten Mit euren Kirchen drunten, voll mit
Gold, mit Putten und Gemurkel.

Turmair Gemurkel meinen S'?

Zieten Ja doch, ja. – Wie kömmt das, he?

Turmair Naja, die Kirchen drunt auf Erden sind
halt sozusagen von uns direkt inspiriert.

Zieten Ah ja? Aha. Die unseren sind karg.

Turmair Des glaub i gern. Wie schaugt denn euer
Himmel derzeit aus?

Zieten *(strahlend, dass sich jemand interessiert)*
Soll ich's verraten? Ja? Mit Worten ma-
len all die Herrlichkeit, die unser Geist
erschuf?

Turmair Da bin i g'spannt.

Zieten Ganz im Vertraun vorweg: Wir haben
schon auf Erden nicht verstanden, wes-
halb der Herr der Dinge ausgerechnet
euch die prächtige Gebirgswelt zugeteilt.

Turmair Warum net?

Zieten Ihr seid doch außer Stande, sie zu nut-
zen. Wie sagt ihr doch mit breit be-
häb'gem Grinsen: Berge von unten, Kirchen von außen, Kneipen von innen. –
Hahaha—! Das dünkt uns so verschwen-
det, dass wir unser Paradies, die Fehler
eures Stamms vermeidend, uns dergestalt
nun eingerichtet, dass, – ich weiß, ihr
werdet Neid empfinden müssen, uns an
der Zugspitz' riesigem Massiv liegt,
was wohl –? Leuchtend klar, das ew'ge
Potsdam!

Turmair *(matt)* Potsdam an der Zugspitz?

Zieten Ja. Und Neustrelitz am Tegernsee.

Turmair Ja, verreck!

Zieten Und Timmendorf nebst Meer im kleinen
Walsertal. Was sagt ihr nu?

Turmair Nix.

Zieten *(verzückt mit Schiller'schem Pathos)*
Und die Ordnung! Der Wanderwege
breite Bänder bunt markiert. Gemäßigt
sind, bequem, die Steigungen hinauf
zu trutz'gen Gipfeln. Und Alpenstangen
trägt ein jeder Mann. In grüne Matten
hingeschmiegt am klaren Quell die
schmucken Alpenhütten, wo der zarten
Senn'rin Hand den Kelch kredenzt
mit jenem prickelnden Getränk, das
unser Volksmund zärtlich nennt: Weiße
mit Schuss. Und für des Appetites
Lüste – Bouletten gibt's und Rote Beete,
Aal grün und Schrippen – na?

Turmair *(enerviert, aber höflich)* Da könna mir
net mit.

Zieten Nicht wahr, das fiel euch niemals ein!

Turmair Gewiss net.

Zieten Und zu Millionen klettern unsre Leute
dort in strahlender Glückseligkeit die
Berge hoch, sie jodeln, rufen laut Juhu –
immer in großen Gruppen. Kein fremder Laut stört ihren unaufhörlich frohen
Redefluss. Die Sprache des Gebiets ist
Preußisch!

Turmair Gell, eure Seligen sin immer selig.

Zieten Ununterbrochen. Und je mehr sich
rührt, desto höh'rer Hitze steigert sich
die Seligkeit. Was setzt ihr uns entgegen? Was wecket Glücksgefühl in
Bayernherzen?

Turmair *(verlegen)* Mei –
Während der letzten Sätze ist der Port-
ner eingetreten und antwortet nun an-
stelle Turmairs.
Portner Wenn's staad ist. – Und bei euch?
Zieten *(sieghaft schmetternd)* Wenn wir für
unsres Reiches Ruhm und hehrer Herr-
scher Glorie in Staub den Feind ge-
schlagen – Sieg über Sieg an unsre Fah-
nen heftend.
Portner Die Bayern – wenn s' ihr Ruh ham und
der König nix Besondres unternimmt.
Zieten Reisen durch die weite Welt.
Portner Net reisen, naa, dahoam sei.
Zieten Das preuß'sche Wesen fremden Völ-
kern nahe bringen, bis es dort also zu-
geht wie bei uns.
Portner Wir wolln nur unser Lebensart behalten,
niemand soll s' nachmachen müssen.
Zieten *(immer begeisterter)* In unserem Wesen
liegt: des Fortschritts Herold sein. Im-
mer à jour, die neueste Erfindung, neu-
este Mode –
Portner Da brauchen mir des meiste net. Uns ist
das Altbewährte lieber.
Zieten Im Ernst? Und das Gespräch?
Portner Gespräch?
Zieten Ohn Unterlass und über alles reden,
Gedanken tauschen –
Portner Schweigen.
Zieten Schweigen??!! Macht Bayern glücklich?
Nein, wie schrecklich.

Portner Mei –
Portner und Turmair lächeln ein-
ander zu.
Turmair geht hinaus.
Zieten Da müssen doch, so scheint mir itzo,
gewisse Unterschiede walten.
Portner *(überhört diese tiefe Erkenntnis)* Was
führt Euch heut hierher?
Zieten Nun, ein gewisser Vorfall. Hört. Ein
wackrer Zieten lebt derzeit auf Erden.
Urenkelkind. Kai-Uwe.
Portner Ui.
Zieten Er hat zu Wohlstand es gebracht zu
Greifswald, mit Kattun, ist reich – und
Diplomat. Der soll, so steht in unserem
Schicksalsbuch zu lesen, eben jetzt nach
Bayern, dort sich anzusiedeln, soll Be-
kanntschaft machen eines Universitäts-
professors Sybel, der bringt ihn an den
Hof. Dort wird Minister er für sich
gewinnen, wird Einfluss nehmen – Ihr
versteht –.
Portner Ganz leicht.
Zieten Just wo er wohnt, als Pensionär, dort an
des Tegernsees Gefilden, soll er Besuch
von Freunden sehn, aus der Mark, aus
Pommern und dem Hannov'ranischen,
sie alle, alle kommen und – bezaubert
von der Gegend Urigkeit, sie siedeln
dort, gleich ihm.
Portner *(mit unterdrücktem Grimm)* Aha. Ja,
freili.

Zieten *(stolz)* Noble Preußen. Klare Köpfe. Kai-Uwe führt sie ein bei Hof – man hört auf ihren Rat und, – also steht's im Schicksalsbuche – im Jahre achtzehnsechsundsechzig sieht dank dieser Männer Überzeugungskraft die bayrische Regierung ein, dass sie mit Preußen sich verein'gen muss – zu einem Staat!!

Portner *(perplex)* So? Des steht im Schicksalsbuch. *(resignierend)* Na werd's so kommen müssen –!

Zieten *(verzweifelt)* Eben nicht! Kai-Uwe kann nicht siedeln. Er sollte eine Alpenhütte kaufen vom reichsten Mann dort – namens Senftl. Die Hütte aber ist nicht frei. Da wohnt ein andrer drin, – ein – *(sieht auf einem Zettel nach)* Kaspar Brandner.

Portner *(nahe am Wutanfall)* So? Der?

Zieten Der Weltenplan ist in Gefahr. Bayern soll preußisch werden. Und nu geht's nicht.

(Turmair und Nantwein treten ein)

Turmair Er ist da.

Portner Nur rein damit.

Zieten Was wollt ihr tun?

Portner Unser Möglichstes, dass der Kai-Uwe zu dem Häuserl kommt.

Der Portner ist schon ganz rot im Gesicht vor Ärger, dass in seinem Ressort eine solche Schlamperei passieren musste. Dazu sieht Zieten ihn aus wasserblauen

117

*runden Augen so erwartungsvoll fragend
an, dass dem Portner, der keine Antwort
geben mag, erst recht der Giez zu Kopfe
steigt.*

*Nun wird der Boanlkramer hereingeführt. Im pastel-
lenen Himmel bildet diese bleiche, schwarz gekleide-
te Gestalt einen schroffen Kontrast, noch dazu, weil
der Boanlkramer, ganz krumm vor Angst, versucht,
mit beständigem Grinsen, Buckeln und Verneigen
sein schlechtes Gewissen zu bemänteln.*

Boanl Man hat mi g'sucht, hab' i vernommen.

Zieten Sieh da, Freund Hein.

Boanl Han?

Zieten So heißt der unsere.

Boanl Ah ja. I lass'n schön grüßen. Den blan-
ken Hans auch, wenn S'n treffen.

Zieten Wird bestellt. *(leise zum Portner)* Der
sieht erbarmungswürdig aus. Auch unserer hat hohle Augen, wirres Haar –
erscheint jedoch in schnieker Uniform,
mit Mütze.

Boanl Ich stör' nur. Komm' a andersmal.

Portner Du wartst!! Erst der Besuch. Und
dann!!! –

Zieten Was wird nu mit Kai-Uwe?

Portner Warten S' doch, i denk grad nach.

Zieten Und sagen nichts? Beim Denken?

Portner I weiß, die Preußen sprechen ihren ganzen Denkvorgang mit. Der Bayer gibt's
Ergebnis nur bekannt.

Zieten   Macht Denken da noch Spaß, wenn kei-
         ner zuhört? Teurer Freund – die Bayern
         mögen wertvoll sein, mit reichem Innen-
         leben, zugestanden, nur – es kommt
         nischt raus. Glaubt mir: Durchschlagend
         wirkungsvoll wird auf die Dauer nur
         das preuß'sche Wesen sein. Das walzt die
         Traditionen nieder – setzt Köpfchen
         an die Stelle von Gefühl, und glorreich
         führt's die Welt ins kommende Jahrtau-
         send. Grüß Gott!
         Mit dieser siegreichen Rede ab, gefolgt
         vom Portner. Turmair und Boanlkramer
         sehen einander an. Der Boanlkramer,
         voll schlechten Gewissens, grinst.

Boanl   »Und dann«, hat er g'sagt. – Warten
         soll i.

Turmair Ja. *(befasst sich mit einem alten Foli-*
         anten)

Boanl   Wo i noch so viel z'tun hätt. – 's Wagerl
         putzen, 's Ross futtern. – Was geit's denn
         überhaupts?

Turmair Des sagt dir der Portner selber.

Boanl   *(seufzt)* »und dann« *(blickt über*
         Turmairs Schulter in den Folianten)
         Unser Zukunftsbüchl?

Turmair Ja.

Boanl   Viel zum Toa für mi?

Turmair Viel. *(blättert)* Kommen böse Zeiten.

Boanl   Krieg?

Turmair *(nickt)* Und andere Bedrängnis.

Boanl   A schieche Cholera scho wieder?

119

Turmair *(schüttelt den Kopf)* Desmal werd's anderst schlimm. Der Preuß hat Recht. Die
Fremden rücken ein ins Land und
bleiben da und werden immer mehra.

Boanl Truppen?

Turmair Schlimmer. Zug'roaste. – Unser We-
sensart verkommt, die Sprach geht verloren – die stille Ausrottung setzt ein, –
lächerlich machen s' uns, alles aus »Liebe zu Bayern«.

Boanl Auf lang?

Turmair *(blättert weiter)* Hundert Jahr – des hört
nimmer auf, allweil ärger werd's. Grad
überlegen fühlen sie sich, und grad ver-
bessern wollens' uns und machen alles
hin, was g'wachsen und gut war. Sie
drucken ins Land, die Fremden, weil's
dort schön is – und indem s' bleiben,
macht a jeder a Stück vom Schönen hin –

Boanl Wie kann des g'schehn?

Turmair Auf der Welt gibt's Tüchtige und Lusti-
ge. Und allerweil gewinnen die Tüchti-
gen die Oberhand – und na werd's fad.

Boanl Wen meint des große Kreuzl da?

Turmair Der König wird verraten und ertränkt.
Den musst aus'm See holen.

Boanl *(schlägt ihm das Buch zu)* Mach's zu.
So genau muaß i des alles net wissen.
Verrat mir, was der Portner will, –
komm. Wo gehst denn hin, Turmair,
bleib doch da!

Turmair Besser, er redt mit dir allein.

120

Turmair durch die rechte Tür ab. Der Boanlkramer, krumm vor Angst, zieht unter seiner Weste das Journal hervor und will es an seinen Platz stellen.

Boanl Naa, net allein – bloß net –! Aufkommen hat's müssen! I hätt ja net 's Marei auch noch drunt lassen können. Da waar's ja noch ärger wor'n. Und des Journal, des i krampfit hab – des stell i glei zruck – ist ja grad koaner da – was'n da los? – Da ham s' ja umgräumt?! Da kennt se koa Sau mehr aus.
Der Portner tritt ein. Der Boanlkramer versteckt das Journal unter der Weste und spielt den Unbefangenen.

Portner No?

Boanl *(buckelnd)* Dank der Nachfrag', guat.

Portner So?

Boanl Ja.

Portner Und?

Boanl Vui Arbeit, oh mei –

Portner Was d' ned sagst.

Boanl Und grad jetzt, im Augenblick, hätt i so viel dringende G'schäfter. Herr Portner, könnt i bittschön wieder gehn –?

Portner Wir ham was zum Reden.

Boanl *(unter ständigen Verbeugungen)* So? Was – geit's? Soll i Enk was b'sorgen? Gern!

Portner Es is z'weg'n dem Brandner Kaspar.

Boanl *(scheinheilig)* Brandner Kaspar? Wer is des?

121

Portner Geh, stell di net.

Boanl Der Name is mir augenblicks nicht geläufig.

Portner Denk nach.

Boanl Hmmm – jaaa –. Ah so, ja, der von Albach.

Portner Ja, der!

Boanl *(recht süß und verlegen)* Is was mit dem?

Portner Des frag ich dich!

Boanl Ja, no –

Portner Drunt' is er!

Boanl *(erstaunt)* Soo?

Portner Und herob'n sollt er sein!

Boanl Jaa?

Portner Ums Paradies wird er betrogen!

Boanl Ja, wie des?

Portner Und sei Enkelkind is achtzehn Jahr zu früh da.

Boanl *(erschrickt)* Akkrat achtzehn Jahr? *Ihm wird schlagartig klar, dass die dem Brandner belassenen achtzehn Jahre natürlich irgendwo abgezogen werden mussten. Dass somit das Marei die Lücke büßt. Der Boanlkramer verliert seine Sicherheit im Lügen, seine Kiefer beginnen zu klappern, er würde sicherlich bleich, wenn er es nicht schon im äußersten Maße wäre.*

Portner Verwundert di des? Komm, beicht …

Boanl Ja, i – äh – i könnt mir des nur so erklären, dass da unvorgesehene Umstand eintreten san, – äh – die wo –

Portner	Beichten sollst, net stottern!
Boanl	Aber des müsst doch im Journal stehn.
Portner	Des is verschwunden.
Boanl	Geh – in der Ewigkeit geht doch nix verloren.
Portner	Na suchst amal, 'leicht findst es du.
Boanl	I bin so frei. *Er tritt hinter Petrus an das Bücherregal, sieht sich immer wieder nach ihm um, lächelt gequält und versucht das Journal an seinen Platz zu stellen. Längeres Spiel.*
Portner	No?
Boanl	Hab's no net.
Portner	Sollt' i' wegschaun?
Boanl	Wenn 's gang –
Portner	*(donnert ihn an)* Na tu's scho raus unter der Joppen!
Boanl	*(sinkt zusammen, zieht das Journal hervor und überreicht es mit kläglicher Miene)* Da. Tausendmal Vergebung.
Portner	*(blättert)* Brandner Kaspar, 72 Jahr – falsch abg'hakelt.
Boanl	*(Augenaufschlag)* Des war i. I schaam mi ja so.
Portner	Jetzt machst an Rapport. Aber d'Wahrheit bitt i ma aus.
Boanl	*(rafft sich auf, nimmt Haltung an und einen offiziellen Tonfall)* Drei Jahr zuvor, wie's aufgesetzt war, bin ich im Walde ihm erschienen.
Portner	Da steht: »er starb am Büchsenschuss«.

Boanl Naa – net.

Portner Was soll des heißen?

Boanl Dass es – misslang. I hab den Schuss
vom Jager g'lenkt, aber leider, er hat'n
bloß g'stroaft.

Portner Und?

Boanl Na war er teuer. –

Portner Wer?

Boanl – der gute Rat. I bin zu ihm in d'Hütten
und hab'n ersucht, ob er freiwillig mit-
kummert – *(verheddert sich im Dialekt)*
kamert – gehert. Aber er war obstinat.

Portner *(ungnädig)* Werst'n scho recht saudumm
ang'redt haben.

Boanl *(in seiner Ehre verletzt, empört)* Ich?
Nie!!

Portner I möcht net wissen, wie du die Leut oft
erscheinst, weil s' di gar so fürchten. De
nihilo nihil.

Boanl Was hoaßt'n des?

Portner Vo nix kommt nix, hoaßt des.

Boanl Hart opacka hab i'n ja net derfen, weil
er koa wolterner Sünder war – also, was
machst?

Portner Und was hast na g'macht?

Boanl Nachdenkt – und grad sinniert – und
währenddem hat er, – ganz hinterkünf-
tig – äh –

Portner Was?

Boanl Oans hing'stellt.

Portner Was?

Boanl *(verschämt)* – ein Gefäß –

Portner Bier?

Boanl *(haucht)* Kerschgeist.

Portner Ah, so.

Boanl I trink's ganz in Gedanken –

Portner Und er schenkt wiederum ein.

Boanl Er hat mich überlistet.

Portner Wie oft?

Boanl *(klappt nacheinander alle Finger hoch)*

Portner *(entsetzt)* Zehne?

Boanl Zwölf.

Portner Zwölf Kerschgeist auf oamal? Ja, na glaub i's.

Boanl *(mit gefalteten Händen, kläglich)* Herr Portner, wenn Sie wüssten, wia's mir oft kalt is auf der Fahrt durch Eis und Hagel, nass wiara 'taufte Maus – und allweil wieder: nauf, nunter – koa Platz zum Aufwarma und grad zittern und klappern – wega dem is auch die Kugel auf den Brandner fehl ganga, weil i grad so viel scheppern hab müssen –. I bin doch der ärmste Bolandi, dahoam net in der Seligkeit, im ewigen Licht und drunt auf Erden gemieden. Naa! Und einmal in Äonen stellt mir einer an Schnaps hin. Sagen S' doch selber!

Portner Da hast ihm glei 's Weiterleben versprochen.

Boanl *(immer verzweifelter)* Nein, nie. Ich kenn doch mei Pflicht. Auch wenn ich nach dem Fehlschuss ihm gegenüber in der schlechten Lage war.

Portner Wieso is er dann net da?

Boanl *(schreit verzweifelt und zu laut)* Weil er mich b'schissen hat!

Portner *(mit leichtem Tadel)* Tu dich nur äußern, freimütig.

Boanl Kart' hamma. Und ich sieeh doch net guat, aus Gnad, dass ich des viele Leid und Elend net so erkennen kann, in des ich kumm. Und da hat er mich mit 'm Grasober 'tupft.

Portner Wie viel hast ihm na gütigst zub'standen, in dei'm Surri?

Boanl Neunz'ge. Wie seine Ahndln.

Portner Achtzehn Jahr drauf? Ja, bist denn du narret?

Boanl I hab mir denkt, mir ham doch da herobn scho so viel Leut, kommt's auf den oana net z'samm.

Portner Schämst di du net?

Boanl *(demütig)* Doch. Und 's wär mir leichter, wenn S' mi jetzt ordentlich anschreierten.

Portner Ja, mir fallt ja gar nix ein.

Boanl Ich bereue. Es hat mi arg 'druckt.

Portner So was hat's ja noch nie geb'n.

Boanl Doch. Mei'm Kollegen aus'm Morgenland is vor viertausend Jahr was Ähnlichs passiert. Mit'n Palmwein, hat er mir verzählt, weil, der friert ja no mehra, wegen dem Klima, wissen S'. – Jetz is's scho a so.

Portner I woaß net, sollt' i lacha oder woana.

Boanl Lacha geht aa.

Portner Des könnt dir passen.

Boanl Jetz is's beicht' – na geh i und mach wieder pünktlich mei Arbeit, wie seit Ewigkeit. Und wenn's vergessen werden könnt, die G'schicht, wär i recht froh. Ich selber will's net vergessen. So was is mir grad oamal passiert. Empfehle mich und wart auf neue Aufträg – *Er will sich unter vielen Bücklingen zurückziehen, da trifft ihn das Wort des Portners wie ein Blitz in den Rücken.*

Portner Der nächste Auftrag is: Du holst den Brandner Kaspar auf der Stell. Bald hätt' i g'sagt: tot oder lebendig.

Boanl *(fährt herum, stottert)* Naa, nur des net. I hab mei Wort geb'n!

Portner Willst du den Willen unseres Herrn missachten?

Boanl *(fleht)* Herr Portner, wenn scho mir niedrigen übersinnlichen Mächte as Wort nimmer halten, wie schaugt si des für die Lebendigen o? I kann mi ja ninderscht mehr sehng lassen, wenn des aufkimmt. Naa, naa, alles, bloß koan schlechten Kerl macha. *Er streckt flehend die Hände gegen den Portner aus und macht Miene, hinzuknien, so desolat ist er.*

Portner *(erhebt nur gebieterisch den Arm und sagt in ruhigem Ton, der keine Widerrede zulässt)* Favete linguis – dictum est.

Boanl	Scho wieder lateinisch – i versteh's doch net. Was hoaßt des?
Portner	Dei Mäu sollst halten, hoaßt des, und i sag's bloß einmal: Du hast die Suppen einbrockt – löffit's aus. Sonst jag i di vom Deanst und stell di' vors höchste Gricht. Glaubst du, mir machen G'spaß?
Boanl	*(jault)* Der geht mir net mit.
Portner	Du bringst'n! Sonst staubt's!! *(ab)*
Boanl	Da hamma die Soß! O je! Wenn's finster wird, san s' ganz bös!

*Mit Abgang des Portners wird es rasch finster. Licht-
kegel auf den Boanlkramer und Licht auf den Hintergrund, sodass die nun auftretenden Personen als
Silhouetten erscheinen. Es beginnt ein großes Laufen
und Pluschen von Seligen in Gewändern aller Epo-
chen christlicher Zeit. Sie kichern und rufen einander
zu – im Hintergrund ein rasches, geisterhaft auftau-
chendes Orgelstück.*

Stimmen	Habt's g'hört? – Der Boanlkramer – an Kerschgeist! Neunz'ge – Jetzt ham s'n derwischt! Die Gaudi –! Haha –!
Boanl	Is's scho rum, die Blamasch. Was tuari bloß? Wenn auf mi koa Verlass nimmer wär, könnt ja koa Mensch mehr sagen: »todischer«! – Ja, lacht's nur, lacht's – ihr braucht's koan Kerschgeist. Euch is ewig warm. – Jetzt waar i lieber der Teifi! – Und neamd, der ein' Rat hat –! Michael? Turmair? – Nantwein –?

Michael, Turmair und Nantwein hu-
schen herein, zucken die Achseln und
verschwinden wieder.

Boanl   Soll i mi vielleicht vor ihm hinkniagl'n
und ihn mit aufgehobene Knochenhänd'
bitten?

Der Karren des Boanlkramer fährt herein. Der Wa-
gen mit zwei großen Rädern hat die Form eines Sar-
ges. Davor ein Kutschbock mit kleinem Geländer. Ein
Klepper – mit beweglichen Beinen – zieht ihn. Es wird
immer dunkler. Das geisterhafte Gelächter und die
jagende Orgelmusik steigern sich.

Boanl   *(fast heulend)* Ja, jetz pressiert's. Guat, i
fahr! Und wenn's mei letzte Fuhr is!
Er schwingt sich auf den Wagen, nimmt
die Peitsche.

Boanl   Des kommt davon, wenn man sich mit
am Menschen einlasst, ehvor er tot ist –!
Hüah!
Er fährt hinaus

Vorhang

129

5. Bild

Die Stube des Brandner Kaspar, wie im 2. Bild. Es ist Nacht. Brandner sitzt am Tisch und liest, mit Brille, in einem alten Buch. Sein Haar ist weißer geworden in den letzten zwei Tagen. Er hat sich verändert. Seine Bewegungen sind langsamer, greisenhafter. Auch seine Augen haben sich verändert. Sie blicken starr in die Gegend, in ihnen flackert das Alter. Das Beruhigende, Kräftige ist verschwunden, geblieben ist der unbändige Trotz eines alten Mannes, der sich gegen sein Schicksal auflehnen möchte – wüsste er nur wie. Er trägt dunkle Kleidung. Vor ihm eine brennende Kerze. Die Tür im Hintergrund ist halb offen. Während Brandner halblaut aus dem Buche liest, erscheint in der Türe Simmerl und sieht herein. Nach kurzer Zeit macht er sich bemerkbar.

Brandner   *(liest leise, stockend)* »Aufersteh'n, ja
               aufersteh'n wirst du, mein Staub,
               nach kurzer Ruh. Das ewig' Leben
               wird, der dich rief, dir geben –«

Simmerl   Brandner. – Redst mit mir? *(er ist das
               personifizierte schlechte Gewissen)*

Brandner   *(ohne ihn anzusehen)* Ja. – Naa. –
               Wozu?
               Simmerl tritt ein, legt den Rucksack ab.

Simmerl *(mühsam)* I muss dir des sagen: Wenn ma den Florian gefangen hätt' auf der frischen Tat – i hätt'n net einsperren lassen. I hätt bloß g'sagt: Lass dir's a Lehr sein.

Brandner Versteh di scho. Dich schreckt die Lawine, die aus dei'm kleinen Steinwurf worden is. Möchtst am liebsten alles ung'schehen machen. Geht net. *(er sieht Simmerl ins Gesicht und sagt rau)* Seit heut Mittag liegt sie aufm Freithof, fünf Schuh unter der Erd, weil sie's in Liebe net ertragen hätt, dass ihm ein Leid g'schieht.

Simmerl Nix tut so weh, wie wenn eine, die ma so verzweifelt zum Leben braucht, ei'm andern alles gibt. Jahrelang war sie gut mit mir, und dann hab i zuschaung müssen, wie sie auf einmal dem andern anhängt. Nix tut so weh!

Brandner *(nickt versonnen vor sich hin)* Und dann die Macht, den Nebenbuhler aus'm Weg z' räumen. Hättst a Heiliger sein müssen, wennst dem widerstanden hättst. Und wennst verstanden hättst, dass die zwei, eins fürs andere, sogar das Leben riskieren. *(er wendet sich ihm zu)* Aus Lieb is des g'schehng, Mensch – 's Wildern, des Arbeiten, mir drei ham alles riskiert, bloß dass wieder richtige Leut werden aus die Krattler. – Und jetz ham ma 's Beste verloren.

Simmerl	Und wie soll i weiterleb'n mit dem?
Brandner	Da danach fragt neamad. Lebst halt dahin.
Simmerl	Aufm Begräbnis hat mi scho keiner mehr ang'schaut. Naa, i kündig' mein Deanst auf und geh fort aus dera Gegend. Was soll i noch da?
Brandner	*(in hilfloser Trauer)* Ja, was soll'n wir noch da? Der Boden is weg. Das Licht is aus. Magst's net ertragen? – Muaßt's ertragen! Möchtst dich auflehna –? Gega wen? Kannst bloß dahocken und warten – Die Uhr dappt weiter – nächste Stund – nächste Stund – a jede bringt dich weiter weg von dera Todesstund' – aber die Schinderei werd net g'ringer. So a Trauer is a Hilflosigkeit, aus der 's kein Ausweg net gibt.
Simmerl	*(erhebt sich und geht zur Tür)*
Brandner	*(leise, für sich)* Dabei braucht' ich bloß rufen – aber naa, – naa –!
Simmerl	*(sieht hinaus)* Jetz komma s'.
Brandner	*(blickt auf)* Wer, um Gotts willen!
Simmerl	*(verlegen)* Der Florian will dich noch amal sehn, eh' dass s' ihn mi'm Schub wegbringen. Der Gendarm führt'n, und der Senftl is aa dabei.
Brandner	*(leise)* Heilige Muatter Gottes, muss des aa no sein?
Simmerl	*(geht zur kleinen Seitentür, die links aus dem Raum führt)* Könnt i da 'nein?

Dass er mi siecht, des kann ma ihm der-
sparn. *(ab)*

Brandner »Dersparen.« Und wer derspart mir
was? *(er löscht die Kerze, klappt das
Buch zu)*

Senftl *(erscheint in der halb offenen Türe)* Kaspar –! Der Flori hat den Wunsch geäu-
ßert, –

Brandner Rein damit –!

Senftl *(winkt dem Gendarmen. Zu Brandner)*
Lass dir noch amal sagen, es is oa Bedauern in der G'moa und der Nachbar-
schaft – und bei mir –

Brandner *(winkt ab, antwortet nicht)*

*Unter der Türe wird der Gendarm einen Moment
sichtbar, der Flori führt. Er weist Flori in die Stube.
Floris Hände sind mit Stricken gebunden. Er tritt ein.
Senftl schließt die Tür hinter ihm. Brandner und Flori sehen sich an.*

Flori *(versucht zu lächeln)* Es is grad ums
Pfüa-God-Sagen, Kaspar. Wer weiß, ob
ma si wiedersiecht. A paar Jahr wer'n s'
mir g'wiss naufhaun.

Brandner I bin dann scho no da.

Flori Jaja. Du hast 's ewig' Leben, wie a alter
Baum, hast g'sagt.

Brandner *(schüttelt den Kopf)* Der Baum is ab-
g'sägt, Flori. Da is grad no a alter Wur-
zelstock – lebendi? – tot –? – Ma woaß
net. Zu nix mehr nutz. Bloß da.

Flori	*(plötzlich ausbrechend, gegen Tränen anschreiend)* Kasper, i sag dir's, i mag nimmer leb'n. I bin doch schuld an allem.
Brandner	Des derfst du net sag'n.
Flori	Sie hat mi g'warnt, bevor i 'gangen bin: Macht's a End mit dera Lumperei, hat's g'sagt. – Naa – wenn oans die Stoaner hätten derschlagen sollen, waar i des g'wen. I bin schuld!
Brandner	*(heftig)* Flori! Eins lebt vom andern, – eins is des andern Tod auf dera Welt. Der Fuchs reißt die Hennen – wir schießen den Fuchsen, als Beute is er uns lieb. Desmal ham s' uns g'jagt. Und die unschuldigste Seel' –! Aber weiter müaß ma. – Geht's net übern Berg, geht's außen rum – aber weiter gehn musst!
Flori	Glaubst selber, was d' sagst?
Brandner	Ja. Weil's koa andere Rettung net gibt. *Flori sieht Simmerls Rucksack liegen.*
Flori	Wem g'hört der Rucksack da?
Brandner	Dem armen Teufel, der g'jagt hat – und der jetzt aa net besser dran is wie mir zween –
Flori	Arm net. Der Teufel, ja. Hörst' es, du da drin!? Komm raus, wennst a Schneid hast.
Simmerl	*(kommt aus der Kammer)*
Flori	*(verachtungsvoll und feindlich)* Du machst 's Leben ärmer, wo'st hin-

134

kommst. Du wenn die Welt g'macht
hättst, sparertst am Tag mit'm Sonnen-
schein und bei der Nacht mit'm Mond –
dir singert koa Vogel, des kostert
z'viel. Und wenn wo a Bleami blüht,
ruhst net, ehvor 's net zertreten ist.
An dir is grad eins groß: der Neid!
Die beiden starren einander an. Brand-
ner tritt zwischen sie.

Brandner Horchts zua. – Es hat si ergeben, dass
ihr zwoa habts Todfeind wern müs-
sen. – Waar's anderster 'gangen, hätt
euch aa a Freundschaft sein könna. –

Flori *(verächtlich)* Mit dem?

Brandner *(eindringlich und fast bittend zu beiden)*
Wenn der Hass weiterlebt, hätt's zwoa-
mal koan Sinn, dass sie hat sterbn müassen. Des is doch zum Einsehng, oder –?

Während der letzten Worte waren, wie im 2. Bild,
von ferne die Totenglocke und der Wind aufgetaucht.
Brandner unterbricht seine Rede, horcht. Die ande-
ren hören nichts. – Simmerl tritt nahe an Flori heran
und sagt leise:

Simmerl Vor Gericht gibt's bloß oa Aussag': – die
meine. Und i sag, dass i mich g'irrt hab,
und a g'wuiderte Gams hab i net g'funden, und koan Stutzen aa net.

Flori *(erstaunt)* Aber du hast's doch g'funden!

Simmerl *(bestimmt)* Nein! Und der Zeuge aus der
Stadt wird aa net benennt.

Flori *(ungläubig)* Die Blamasch nimmst du
auf di?

*Flori und Simmerl sehen einander in die Augen. Flori
erkennt, wie ernst dem Jäger die Reue ist. Simmerl
nickt. Zwischen den beiden ist das Einverständnis,
den Streit zu begraben, spürbar.*
*Brandner steht abseits. Er ist sehr erregt. Das Kom-
men des Boanlkramer, das sich durch Wind und Totenglocke ankündet, bringt ihn ganz aus der Fassung.
Mit geballten Fäusten steht er da. Läuft zum Fenster
und sieht hinaus. Dann wendet er sich heftig um und
sagt, fast vorwurfsvoll, zu den beiden Burschen:*

Brandner Hörts net? Die Totenglocken scho
wieder? Flori!
Flori Hör nix.
Brandner *(reißt die Tür auf)* Und abermaln der
Wind – und koa Blattl rührt si.
Senftl *(tritt von außen heran)* Was geit's,
Kaspar?
Brandner Hörst du aa nix?
Senftl Naa – was sollt i denn hören? Is dir
net extra?

*Die drei und der Gendarm, der immer noch draußen
wartet, sehen einander erstaunt an. Brandners Benehmen ist ihnen unverständlich. Er läuft hinaus vor
die Hütte, blickt um die Ecken, sieht zum Wald hinüber, schaut in die Luft. Das alles mit Anzeichen großer Erregung. Flori ist besorgt. Was hat der Alte? Er
will zu ihm eilen, will ihn fragen. Da wird Brandner*

136

mit einem Male ganz ruhig, wendet sich den Män-
nern zu und spricht leise, gefasst, mit entschlossener
Beherrschung.

Brandner Ihr geht's jetz. Flori – Gott befohlen.
Es werd alls net so grausam, hat der Ja-
ger versprochen. A jeds nimmt a
Einsicht mit ins Künftige. A jeds lernt
ertragen, was kommt. *(Glocke und*
Wind aus.) Jetz hör' i nix mehr.

Senftl *(erstaunt)* Brandner, fürchtst du was?

Brandner *(bitter)* Fürchten?!?! Wo's Schlimmste
scho g'schehn is? Was noch kommt,
wird minder schwar. Pfüat euch –
Er hat die Männer hinausgedrängt und
sieht ihnen, unter der Türe stehend,
nach. Blickt sich draußen um. Lange
Pause. Spricht nach draußen.

Brandner Na, wo bleibst denn? I g'spür's doch in
alle Knochen, dass d' kommst!

Der Boanlkramer erhebt sich aus dem Lehnstuhl, wo
er – für das Publikum unsichtbar – seit Beginn des
Bildes saß. Brandner fährt herum und starrt ihn an –
dann schließt er die Tür.

Boanl Bin doch scho lang da, Kaspar.

Brandner *(in großer Spannung)* I hab di fei net
g'rufen.

Boanl *(milde)* Aber du warst nah dran, –
heut –.

Brandner Aber g'rufen hab i net. Justament net!

137

Boanl *(ganz sanft)* Hast doch grad g'redt von der Einsicht. Gibst net auf?

Brandner Nia!!

Boanl Hat sie sich g'lohnt, die Frist, die'st erlangt hast von mir? – Net, gell? Wär auch net möglich.

Brandner Willst an schlechten Kerl macha? Mi holen mit G'walt?

Boanl Naa, naa – grad a B'such – nachschaung. *(kläglich)* I hab doch neamd außer dir, mit dem i amal ratschen könnt. Die i ansonsten triff, die sieh' i alle bloß oamal – ein einziges Mal! Du hast ja koa Idee, was für a Ausnahm du bist. In Freundschaft, Kaspar, lass mi a bissei da. Zünd dir a Pfeifen an – kumm –

Brandner *(grantig)* Schmeckt ma nimmer.

Boanl *(listig)* Und der Schnaps?

Brandner *(schaut ihn an)* Möchtst wieder ein'?

Boanl *(grinst)* Da sagert i net naa.

Brandner *(erlöst)* Alter Bazi! Deswegen laufst mir zu?

Boanl *(verlogen)* Wiest es derratst. I hab ja so oft an den Kerschgeist denken müssen, ob i wollen hab *(mit schnellem Blick gen Himmel)* oder net. *(riecht daran, während Brandner einschenkt)* Ah – wie der scho riecht. Da wüsst i nix im Elysium, was da dagegen aufstehert. Auf Ehr. Net amal des Manna.

Brandner *(hat zwei Gläser eingeschenkt)* I brauch aa oan. Alsdann!

138

Boanl   Dei Wohl –! *(Beide trinken. Kaspar*
auf einen Zug, der Boanlkramer nippt
nur) Ah, der wärmt. Seit damaln hab
i kein mehr trunken. Gibt mir ja neamd
was, verstehst –

Brandner   Bist auf d' Letzt doch an armer Kerle.
Aber – *(seufzt)* wer is's net, am End.
(schenkt wieder ein und trinkt)

Boanl   *(teilnahmsvoll)* Du auch, i woaß. Du
kommst ma älter für – um mehra wie
drei Jahr. Hab i recht?

Brandner   *(grimmig)* Werd scho der »Zahn der
Zeit« sei, wie ma so sagt.

Boanl   Jaja – die Zeit. Die hat an woltern' Biss.
(kichert) Die kaut die größten Trümmer
z'samm – die dicksten Mauern beißt s' oft
schartig. Oft – *(lacht)* oft hab i ma denkt,
wenn die Zeit zahnluckert wur' – und
könnt nimmer beißen – und nix gang z'
Grund – des gab a G'wirkst! Waar koa
Platz mehr für Neu's auf der Welt vor
lauter oitem Graffi – *(lacht sehr)*

Brandner   *(der sich erneut eingeschenkt hat, sieht*
ihn befremdet an)

Boanl   *(schämt sich etwas)* Bläd, gell.

Brandner   Hast heunt an extrigen Humor.

Boanl   Dei' eigene G'spaßigkeit is aa g'ringer
wor'n?

Brandner   *(hart, vorwurfsvoll)* Wundert's di?

Boanl   *(elegisch)* Naa, naa – i woaß scho.
Es schmerzt halt alles doppelt, wenn
man bleibt über die Zeit.

Brandner Doppelt, ja. *(trinkt)*
Boanl Heunt trinkst du mehra.
Brandner Und du machst net »Hick«.
Boanl Man lernt halt dazua. – Geh, du tust
mir so Leid. Auf was wartst denn
noch, Kasper?
Brandner *(grantig)* Werd scho was sein!
Boanl D' Hoh'falz, der Schnepfastrich – d'
Rehbirsch, – die Hofjagd –
Brandner *(schüttelt den Kopf)* Des alles werd
g'ring.
Boanl Lauft's Leben allweil no g'schwind
talab und stürzt als wie der Wasser-
fall?

*Vor den lauernden Fragen des Boanlkramer erhebt
sich Brandner. Er geht in großer Spannung beiseite,
um sein Gesicht nicht zeigen zu müssen. Die Fragen
quälen ihn. Sein Trotz ist stärker. Er mag nicht zugeben, dass seit Mareis Tod das Leben für ihn keinen
Wert mehr hat. Sein Dickkopf heißt ihn sich in Hoff-
nung und Illusion retten.*

Brandner Naa, jetz tröpfelt's grad noch. – Aber –
es kommt ganz g'wiss no was B'sonders.
Und wenn's a Wunder waar.
Boanl Des waar a Wunder. *(eindringlich)*
Kommt nix mehr, Kaschper – Is nix
vorgesehen im himmlischen Plan für
dich. Bist überall'n im Weg. Alles
stößt si an dir, weilst nimmer her-
g'hörst! Kommt nix als Winter, Eis –

dumper und graab – starr in Frost, fuch-
zeh' Jahr lang. – Was willst denn
noch da? Hast leicht Angst vor drüben?

Brandner *(schreit ihn an, in großer Spannung)*
Des werd i dir grad sagen. Extra dir!
Du hast mir g'nua dazu toa, dass 's
kaum mehr zum Tragen is.

Boanl Mit Bedauern, Kaspar, wirklich. Dass i
grad 's Marei hab holen müssen, jung
und blühert, wo du so gut warst gegenüber mir –! Des hätt dir erspart bleiben
sollen, wennst damals mit wärst. –
Erspart! Verstehst!? Und statt dem die
Seligkeiten da drüben und jetzo
scho längst mit ihr wiederum vereint.

Brandner Red net so viel – trink.

Boanl *(sieht zur Uhr hinüber)* Wenn ma's jetz
anhalten und du gehst mit, bist augenblicks am Weg zum Marei und allem anderen, was dich glücklicher macht.

Brandner Naa!

Boanl *(beleidigt)* »Naa!« Du leidst's ja net,
dass ma dir was Gutes tut. Dickschädel,
bayrischer!

Brandner Werd scho recht sein a so.

Boanl *(grantig)* Dei Wohl!

Brandner *(ebenso grantig)* Des dei und fünfzehn
Jahr Kältn, wenn's anderst net sei ko.

Boanl Wohl bekomm's!
*Beide trinken grimmig. Brandner lenkt
wieder ein.*

Brandner Muaßt net granteln, Bruder.

141

Boanl	Durchaus net. Is ja nur dei Schaden. Leb's durch, werst es scho sehn.
Brandner	*(etwas angetrunken)* Es is an dem: I glaab dir nix. Die Drohung net und aa net des Versprechen von Seligkeit und Glück.
Boanl	*(fassungslos)* Du glaabst mir nix?
Brandner	Aber scho gar nix. Gell, da schaugst!
Boanl	*(erhebt sich)* Ja, hör i denn recht? I bin gesandt vom Höchsten, und du glaabst mir nix?
Brandner	*(freut sich über die Fassungslosigkeit des Boanlkramer)* Nix.
Boanl	*(setzt sich wieder)* An dem Volksstamm kannst zerschellen. Kaspar, hast du nie g'hört, wie's ausschaut da droben?
Brandner	*(winkt ab)* Harpfn und Chorg'sang, sagt der Herr Pfarrer.
Boanl	Der kann bloß sagen, was er weiß.
Brandner	*(stur)* Und wissen tut er nix.
Boanl	Wo's Wissen aufhört, fangt der Glauben an. Und ohne Glauben bist koa Mensch. Und wenn ich komm – muss a jeds dran glauben!
Brandner	*(halsstarrig)* Und i glaub grad des, was i mit eigene Augen siech, verstehst.
Boanl	*(erhebt sich. In würdiger Wut)* Ja, du Laugner – du hagelbuachener Atheist! Überzwercher Unglaub'n ohne Urfurcht. – Seligkeiten san da, ohne Ende – Lösung, ohne Qual. Und g'mütli is's und gleicherweis erhaben!

Ausfüllend herrlich – und er sitzt da und glaabt nix.

Brandner   Schimpf weiter, aber vergess ma net 's Trinka.

Boanl   Ja, jetz brauch i oan. *(trinkt aus und schenkt sich wieder ein.)* Und no oan. Hast da so was derlebt. *(er hält plötzlich inne)* Mit eigene Augen, sagst –?

Brandner   Anderster net.

Boanl   I könnt dir's ja zeigen.

Brandner   *(winkt ab)* Jaja, i woaß scho –

Boanl   *(verführerisch)* Naa, naa – mit Retourbillett. Da gibt's an Platz, wo ma schee hoamli neischaun kann ins Paradies. Und in oaner Stund waar ma z'ruck.

Brandner   *(winkt ungläubig ab)* Geh, du Planer – wennst mi du erst auf deim Karren hast –.

Boanl   *(feierlich)* Brandner Kaspar, hab i net mei Wort g'halten seit drei Jahr? Und also geb i jetzo mei Wort: oa Stund.

Brandner   Auf Ehr?

Boanl   Auf Ehr!

Brandner   *(fasziniert, leise)* Des waar scho was. *Das Ticken der Uhr wird unregelmäßig.*

Boanl   *(leise, suggestiv)* Mitfahren – neischaun – mit eigene Augen – grad a Stund.

Brandner   Was hat die Uhr?

Boanl   *(winkt ab)* Alt is's. D' Zoager wackeln, d' G'wichtschnur rutscht –

Brandner   Neischaun?

143

Boanl *(dicht bei Brandner)* 's Marei sehng –
mit eigene Augen!

Brandner 's Marei?

Boanl *(haucht)* In der Seligkeit!

Brandner Gilt! *(steht auf)* Kumm!

Boanl *(hält die Uhr an)* Grad a Stund.

Brandner *(nimmt seinen Hut vom Nagel)* Aber
die Tür bleibt offen.

Boanl Alles bleibt offen.

*Mit einer devoten, einladenden Verbeugung geleitet
der Boanlkramer den Brandner aus dem Hause. Der
geht, seinen Hut in der Hand, mit erwartungsvol-
len, unsicheren Schritten hinaus und sieht sich dort
um, als erwarte er sogleich etwas Besonderes, Über-
natürliches.*
*Von ferne tönt wieder die geisterhafte sanfte Him-
melsmusik aus dem 2. Bild. Es wird schnell finster.
Blaugrünes Licht hüllt die Gegend ein. Der Boanlkramer macht eine große Geste. Brandners Hütte
verschwindet. Von der Seite rollt im gespenstischen
Licht lautlos der Karren des Boanlkramer herein, ge-
zogen von der schwarzen Mähre. Bei diesem Anblick
erschauert der Brandner. Er nimmt den Hut hoch
und hält ihn vor die Brust. Der geisterhafte Wind
wird wieder hörbar.*

Boanl *(triumphierend)* Da –! Da geht der Weg.
Komm, Brandner – traust dich net?

Brandner Der Wagen – schaut ja wie a Toten-
truchen aus –

Boanl Die ansonsten mit mir fahren, müssen

liegen. Du sitzt dich oben nauf. – Und
lass dich net schrecken von der Finsternis. Die Reise geht ins Licht! –
(Brandner schwingt sich auf, hält sich an
der Rückenlehne des Kutschbocks fest.
Der Boanlkramer springt auf den Bock,
nimmt die Peitsche.)

Boanl Einhalten! – Hüah –!!

Einsatz von Musik und Sturm. Eine wilde Fahrt
scheint zu beginnen. Licht huscht vorüber, das Fahr-
zeug richtet sich nach aufwärts und hebt sich vom
Bühnenboden.

Offene Verwandlung

6. Bild

*Das Barock hat eine besonders prachtvolle Form
der Theaterkunst hervorgebracht. Zaubereien, Ver-
wandlungen, Flugmaschinen, Feuersbrünste. Erdbe-
ben, Himmel und Hölle, gewaltige Säle, ganze Städ-
te, Schiffe auf offenem Meere in Seenot, all das wurde
dargestellt und vom Publikum, das einem Schauspiel
(nicht Hörspiel) beizuwohnen gekommen war, dank-
bar und ohne »kritische Reflexion« oder »gesell-
schaftliche Relevanz« genossen. Das 6. Bild dieses
Stückes, die Himmelfahrt, wird heute mit allen mo-
dernen Hilfsmitteln der Bühnen wohl nirgends auch
nur annähernd so wirkungsvoll dargestellt werden
können, wie dies auf dem Barocktheater der Fall gewesen wäre. Der Vorgang sei hier deshalb so geschil-
dert, wie man ihn sich wünschte. Während sich der
Karren des Boanlkramer vom Bühnenboden hebt,
klingt die Sturmmusik in voller Stärke auf. Die
nächtliche Landschaft, die Heimat des Brandner liegt
im blaugrünen Licht und wird gelegentlich von fer-
nem Wetterleuchten erhellt. Man sieht die Kutsche
mit dem wild ausgreifenden Rappen über die Baum-
wipfel fliegen, sieht sie steil hinaufsteigen und als Sil-
houette am Halserspitz vorbei in die Wolken hinein
ziehen.
Abermals verwandelt sich die Szene. Finstere Wolken*

fallen vor, fließen und brauen durcheinander. In den Wolken wird die Kutsche sichtbar. Der Boanlkramer peitscht auf den Rappen ein, der, Schaum vor dem Maul, dahingaloppiert. Es blitzt und donnert – die Musik wird von heulenden Chören begleitet.

Brandner (*schreit*) Net so gach, Boanlkramer, i
    krieg koa Luft!
  Boanl Halt di ein! Des is glei vorüber. Da
    hoaßt ma's »bei die schwarzen
    Wolken«, da san die Donnerwetter z'
    Haus. Wir san aber glei durch, derfst
    di nit ferchten!
    Es beginnt zu regnen, zu hageln, zu
    schneien. Brandner klammert sich mit
    letzter Kraft an die Truhe. Der Boanl-
    kramer treibt das Pferd wie über Hür-
    den an.
  Boanl Hüah, Krampen! Greif aus! – Heut
    hamma a Rarität! An lebendigen Passa-
    gier, den friert's noch.
Brandner Und wie! –

Das Unwetter erreicht seinen Höhepunkt. Die Blitze scheinen auf offener Szene zu explodieren, unmittelbar gefolgt von krachendem Donnern. Regen, Schnee und Hagel wirbeln durcheinander. Brandners Kräfte erlahmen. Er rutscht den Sarg abwärts, die klammen Finger wollen nicht greifen.

Brandner I kann mir nimmer halten – kehr um!
    Kehr um –!

Der Boanlkramer schreit über das Ge-
töse. Seine Stimme dringt eben noch über
den Lärm.

Boanl Samma glei durch! Na komm ma ins
Reich der Stille –!

Die Kutsche verschwindet hinter Blitzen und Wol-
ken. Musik ist auf dem Höhepunkt. Dann plötzliches
Abflauen. Es wird still. Die Wolken zerfließen.
Neue Verwandlung. Eine riesige Wolkendecke von
oben gesehen, von zartem, rotem Licht erleuchtet.
Durch diese Wolkendecke taucht die Kutsche mit
Brandner, der am äußersten Ende des Sarges hängt,
auf. Sie steigt ruhig und lautlos nach oben. Die Wol-
ken fließen vorbei. Darüber ist ein unendlicher
Sternenhimmel zu sehen. Die Musik ist leise, harmo-
nisch und zart geworden. Höher und höher steigt die
Kutsche. Auf dem Wege zur himmlischen Kanzlei
fliegt sie durch riesige Tore, wie denen, die an Decken
von Kirchen gemalt sind. (Der schönsten eines in der
Kirche in der Wies bei Steingaden.) Die Fahrt geht
vorbei an gewaltigen Monumenten, die wie Meilen-
steine den Weg bezeichnen.
Auch diese Monumente sind gute Bekannte: Statuen
von Ignaz Günther und andere Meistern, Engel und
Heilige, Profane und Erlauchte darstellend. Sie wei-
sen den Weg nach oben. Weiter geht die Fahrt in
schnellem Tempo. Riesige Distanzen werden schein-
bar durchmessen. Wie Oasen eingestreut schwebende
Gärten und Haine mit Springbrunnen und Säulenbö-
gen, erneut große offene Tore. Immer aufwärts, auf-
wärts geht die Fahrt. Brandner ist wieder nach vorne

gerutscht und sieht wie verzaubert nach allen Seiten, sieht Engel vorübergleiten, die seidene Bänder in Händen tragen, auf denen steht: GLORIA IN EX- CELSIS DEO. Dann dringt durch die Nacht von oben ein immer stärker werdender heller Schein.

Zwischenvorhang

7. Bild

Ein Platz neben dem Paradiese. So wie in der himmlischen Kanzlei Säulen, Brüstungen und Tore in Wolken, im Blau, stehen, ist hier ein Ort angenommen, von dem aus man die himmlische Kanzlei und das Paradies von außen sieht. Er ist markiert durch halb in Wolken versteckte hohe Säulen, zwischen denen hindurch man im Augenblick noch nichts erkennen kann, sowie durch ein Monument in Art der Pestsäulen der Barockzeit, die, auf Stufen stehend, sich nach oben zu in Wolkendarstellung und ein krönendes Emblem verjüngen. Der Platz wird ferner umrahmt von riesigen Figuren von Heiligen, wie sie schon den Weg in den Himmel im vorhergehenden Bild gesäumt haben. Als der Zwischenvorhang aufgeht, ist es Nacht, soweit es im strahlenden Himmel überhaupt Nacht sein kann. Über allem wölbt sich der Sternenhimmel. Auf diesem »Platz außerhalb des Paradieses« befinden sich viele Heilige und Selige. Im Vordergrund haben Turmair und Nantwein einen »Fraunhofer« aufgestellt und verfolgen lachend die Fahrt des Boanlkramer mit dem Brandner. Die Heiligen und Seligen, alle in hellen Gewändern verschiedener Jahrhunderte, sind ebenfalls sehr vergnügt. Sie blicken nach unten und schauen sich den Flug der Kutsche an. Sie freuen sich, dass es dem Boanlkramer

durch die List mit der Versprechung eines Retour-
billetts gelungen ist, den Brandner heraufzulocken.
Es besteht nicht der geringste Zweifel, dass er, über-
wältigt von den Herrlichkeiten der Ewigkeit, hier
bleiben wird. An ein retardierendes Moment denkt
niemand.

Nantwein *(lacht)* Wie er sich an die Truchen
                klammert! Jetzt werd's ihm doch a
                bissei bang, trotz aller Courasch.
  Turmair Schlau war's scho vom Boanlkramer.
                List wider List.
                Michael, im vollen Erzengelornat, tritt
                auf, ein Journal in der Hand. Er ist zu-
                tiefst grantig.
  Michael Werd ihm aber nix nützen. Da – das
                Sündenregister vom Brandner.
  Turmair Auweh – Fegfeuer?
  Michael Und net z' weni!
Nantwein Na bleibt er net da. – Na besteht er auf
                seine fuchzehn Jahr.
                Enttäuschung bei den Seligen. Michael
                raunzt sie an.
  Michael Was mankelt's ihr überhaupts da herau-
                ßen umanand? Schleicht's euch ins Para-
                dies! Die Hoheiten aa und die Heiligen
                dazua!
                Damit meint der grantige Michael den
                Kaiser Heinrich und seine Gemahlin
                Kunigunde, die im vollen Ornat mit
                Kronen und Insignien höchstselbst auf
                die Begebnisse blicken, sowie den hei-

ligen Benno, der ebenfalls seine Neugier-
de im Fall Brandner bezeugt.

Michael   Mir sagen eich na scho, wie's ausgangen
          is, die G'schicht.

          Die Seligen ziehen maulend ab.

Turmair   Armer Boanlkramer. So g'schickt ein-
          g'fadelt und so nah am Triumph geht's
          daneben.

Michael   Wer hat ihm den Kerschgeist g'hoaßen?

Nantwein Geh, sei doch net so streng –

Turmair   Mit dei'm Flammaschwert!

Michael   *(würdig)* An Ordnung muaß sei. Und
          desmal statuier ma's Exempel.

Turmair   *(leise zu Nantwein)* Er hat sein nissigen
          Tag.

Nantwein *(leise)* Er stinkt eahm, dass er den
          Schwindel vom Boanlkramer net auf-
          deckt hat, mit seiner Allwissenheit. Er
          hat net aufpasst, weil er grad mit uns
          'kart hat.

Turmair   Ach – deswegen wird 's Kartenspieln
          verboten sei'! Wegen ihm! *(Sie deuten
          mit Fingern provozierend auf Michael)*

Nantwein *(scheinheilig)* Wegen ihm? Wegen dera
          Zwiederwurzn? *(deutet)*

Turmair   Freilich. Und pass auf, des kommt noch,
          dass s' uns as Bier verbieten – und die
          Weißwürscht – und's Schnupfen.

Nantwein Da war doch noch was –

Turmair   – des wird auch net gern g'sehn.

Michael   *(schaut die beiden rauflustig an)* Is was?

Turmair   *(zart)* Naa, naa, gar nix!

152

Turmair und Nantwein legen es drauf an, Michael,
den ewig Grantigen, zu ärgern. Sie flüstern, deuten
auf ihn und kichern. Und wenn er herschaut, machen
sie harmlose Gesichter und schauen in die Luft, bis
er vor würdiger Wut zu knirschen scheint. Nun rau-
schen sie hinaus, Michael, der stets in herrlichen Posen
dasteht, seinem Zorn überlassend. Man hört die
Schritte des Brandner und des Boanlkramer. Michael
versteckt sich hinter einer Statue. Der Boanlkramer
tritt ein und winkt Brandner, der ihm voll Ehrfurcht,
zögernd, sich nach allen Seiten umsehend, folgt.
Schüchtern geht er ein paar Schritte. Der Boanlkra-
mer spricht leise mit ihm, wie man es in einer Kirche
tun soll.

Boanl   Kumm – *(leise, eifrig)* Hier hoaßt ma's:
       »endgültiger Weg«. Da kehrt's Eigentli-
       che zurück in die Seelen. Das, wo ma
       verliert, sei Leben lang, stückerlweis –
Brandner Was verliert man denn?
Boanl   Na – 's Gewissen, die innere Stimm',
       die sagt, was recht is und was falsch. Als
       guate Kinder ziehn s' aus, als grund-
       schlechte Leut kehren s' heim. Fanatis-
       mus und Stolz, Rach' und Revanche –
       Eigennutz, lebenslange Verlogenheit und
       die ärgste Sünd' von alle: die rücksichts-
       lose Dummheit –. Des alles fallt hier ab,
       der Mensch kommt zum Vorschein, so,
       wie er g'moant war vom – *(er spricht den*
       Namen Gottes nicht aus, deutet nur nach
       oben) Woaßt scho. Ach, is des schee –

Brandner Wie war ma denn g'moant?

Boanl *(verzückt)* Unendli grüabi. Koane
Deppen net, koane Besserwisser und net
oaner ohne an guaten Humor. Lauter
zünftige Spezln – o mei, – die taaten dir
g'fallen, da drin.

Brandner Von wo siech i denn 'nei?

Boanl Da nüber wennst schaugst, steigt's aus'm
Dunkel.

*Brandner setzt sich auf die Stufen des Monuments
und schaut in die angegebene Richtung. Zuerst sieht
er nur Säulen aus den Wolken ragen und dazwischen
nächtliches Dunkel. Dann ist ihm, als hörte er eine
leise, ferne Musik, die näher zu kommen scheint, und
dazu bräche ein lichter Schein durch das Dunkel zwischen den Säulen, so als würde eine unsichtbare Wand
durchsichtig. Gebannt starrt er hinüber und bemerkt
nicht, dass der Boanlkramer grinsend hinter das Monument huscht, wo sich Erzengel Michael verbirgt. Er
wippt und springt vor Freude über seinen Triumph.*

Boanl Da hab i'n – was sagst!?

Michael *(patzig)* Bleibt net da!

Boanl Wart's nur ab –

Brandner *(im Vordergrund)* Da licht' sich was auf!
Sind des Berg?

Boanl *(huscht zu ihm)* Jaja, da erscheint's. Oh,
g'freu di, g'freu di!

Brandner Da is's ganz grea und ganz klar. Und
Täler san da und Berg – und a See –!

Boanl *(bei Michael)* Hörst as?

154

Michael Bleibt net da. Will wieder abi!

Boanl Da wett i doch glei.

Michael *(hält ihm das Journal vor)* Auf seine Sünden steht Fegfeuer – und was sagst jetzt?

Boanl *(erschrickt sehr)* Auweh –. Und i?

Michael Du g'hörst der Katz.

Brandner *(in zunehmender Begeisterung)* Des schaut fast aus wie unser Dorf –!? Da drüben, mei Hütten, nur größer und schöner. Was siech i denn da?

Der Schein des Paradieses ist so stark geworden, dass Brandners Antlitz vom Widerschein golden zu leuchten beginnt. Von Licht übergossen sitzt er da, ins Schauen versunken. Er bemerkt nicht, dass aus dem Hintergrund der Portner hinter ihn getreten ist, vom Boanlkramer mit einem tiefen Bückling begrüßt, den er mit einer Handbewegung abwehrt: nicht stören. Brandner hört zwar eine fremde Stimme antworten, kann sich aber vom Anblick des Paradieses nicht losreißen. Der Boanlkramer wird ganz nervös, weil ein Irdischer von seinem höchsten Vorgesetzten keine Notiz nimmt.

Portner 's Paradies, Brandner Kaspar. Dei' Dahoam is ja 's Paradies. Der Herr hat euch drunt schon ein Übriges von seiner Pracht g'schenkt. Nur bringt's es ihr auf Erden net z'samm, dass ihr 's dort scho zum Paradies machts.

Brandner Wer steht'n da drüb'n, bei meiner Hütten!?

Portner 's Marei.

Brandner 's Marei! Derf i zu ihr?

Brandner hat bisher noch nicht den
Blick wenden können. Jetzt zupft ihn
der Boanlkramer

Boanl Der heilige Portner!

Brandner *(fährt auf, will knien)*

Portner *(freundlich)* Inkommodier di net. – Hast
uns ganz schee warten lassen. G'fallt's
dir bei uns?

Brandner I hätt mir nie ausmalen könna, wie sehr.

Portner Jaja, in der Regel mach ma auf Neue sogleich an günstigen Eindruck. Dabei is's
des erst von außen. Von innen müsstest
es sehen –

Brandner So friedlich schaugt's her.

Portner Dies ist die wahre Welt. So, wie sie ge-
schaffen is. In euerm Spiegelbild drunt
bringts ihr ja allweil bloß Rankelei und
Kriege z'amm. Wir verstehen des net.
Wir tun wahrhaftig alles, zu jeder Zeit.
Wir erleuchten, inspirieren, verkünden
von hier aus – unsere Pfarrer drunt
reden sich 's Mäu fransig – und dauernd
werd g'rauft, Mensch gegen Mensch –
Volk gegen Volk. Kannst du mir des erklären?

Brandner Da dürfen S' net die kleinen Leut fragen,
Heiligkeit. Die befolgen bloß, was an-
g'schafft wird. Es heißt meist, die bösen
Nachbarn san schuld.

Portner Und keiner kommt drauf, dass er selber

der Bosniggel is? – Ihr bräuchterts bloß
unsere Gebote befolgen –?

Brandner   Mei – für des langt halt bei die mehrern
wahrscheinlich 'as Hirn net aus –

Portner   *(lacht)* – Des wird's sein – und drum
auch so bleiben, fürcht ich. – Aber dass
ma uns net verratschen – bleibertst gern
da?

Brandner   Oh mei –. Aber i zweifelt, ob's gang.
I war fei koa recht guter Mensch und
hab ma g'sündigt g'nua.

Michael   *(tritt vor)* Er sagt's selber.

Portner   Des is der Michael. – Musst aa net hin-
knien. *(bedeutungsvoll, mit einem
strengen Blick zu Michael)* Bei uns geht's
kommod.

Boanl   *(ängstlich)* Aber des habt's doch g'hört:
Bleiben möcht er. Na is mein Auftrag
erfüllt!

Michael   Du bi staad. *(zeigt Petrus das Journal)*
Sein Sündenregister. Ganz schee scho.

Brandner   Mit wie viel Höll müsst i denn rechnen?

Portner   Schau ma amal.

Michael   G'wuidert – o mei *(blättert)*, g'wuidert,
gwuidert und des als a Jagdhelfer!

Portner   Wuidern guit hier nix. Des is a weltliches
Gebot.

Brandner   *(perplex)* Ah – da staun i.

Portner   *(gemütlich)* Bei uns derf ma jagen. Des
kannst doch am Bayern net nehma.

Brandner   Naa –? Und schiaßen?

Portner   Des g'hört dazua.

Brandner	Und wenn ma na trifft?
Portner	Fällt's Viech um, steht wieder auf und sagt: Pack ma's nomal?
Boanl	*(flehentlich)* Geh, seid's doch net kleinlich und lasst's 'n halt da, wenn ich 'n schon raufkutschiert hab mit so vieler Müh'!
Michael	*(blättert weiter)* Und d' Leut hat er tratzt, grad hunderteweis'.
Boanl	*(trumpft auf)* Des hat alle g'fallen, und g'lacht ham s' dazua. Des zählt net.
Portner	Hat oaner Schaden g'nommen?
Boanl	*(vorschnell)* Koaner –!
Michael	*(sieht den Boanlkramer grimmig an. Zu Petrus)* Schmeiß' ma den 'naus?
Portner	*(winkt ab)* Lass'n. Für eahm geht's ja um was.
Michael	*(deutet ins Buch)* Da – der Posthalter von Kreuth is drei Monat krank g'legen mit der Gall, so hat er'n blamiert vor der zuschauerten G'moa.
Boanl	*(spielt sich mehr und mehr als Verteidiger auf)* Geh – der miserablige Kerle!
Portner	*(schaut ins Buch)* Der Posthalter is eahm nachg'rennt, mit'm Stecka, und dabei »ist er in die Odelgrube gestürzet, die der Brandner vorsorglich aufgemacht hat.« – *(vorwurfsvoller Blick auf Brandner)*
Boanl	*(lacht krampfhaft)* Des war doch grad zünfti! Haha – *(kläglich)* Habt's halt oamal an Humor, da heroben.

Brandner *(erläutert in Bescheidenheit, den Hut in der Hand drehend)* Da war ich als Junger als Knecht, und der alt' Senftl hat mi um mein Lohn betrogen. Da hab i mi bei der Leonhardifahrt, vor alle Leut, a so revanchiert. War der Vater von unserm Bürgermoaster – und des hat mir oft g'schadt, hernach.
Der Darsteller des Senftl kommt rasch herein, in der Maske seines Vaters, im hellen Gewand eines Seligen von 1830.

Senftl *(strahlend vergnügt)* Jawohl, so war's! Mir hat er des g'macht! Grad recht is's mir g'schehn, und vergeben is's lang. I lach' selber schon drüber.

Michael *(donnert)* Horcht's wieder alle zu da drin, was mir dischkrieren?

Senftl Ja, freili – und halten am Kaspar die Dam'.

Brandner *(gerührt)* Der oit' Senftl!

Senftl Grüß di, Kaspar, – kimmst bald? Mir warten!
Rasch ab, als Michael eine drohende Geste macht.

Brandner *(zum Boanlkramer, erleichtert)* Na, wenn der Bazi herob'n is, na is für mi no net alles verloren.

Boanl *(hat Oberwasser)* Werd scho, werd scho! I mach dir an Gnadenanwalt, dass 's nur so rauscht!
(recht frech zu Michael) Und was no? Oder is jetz a Ruh?

159

Michael	*(gelassen)* D' Söller Kreszenz. Sechstes Gebot.
Brandner	*(kratzt sich verlegen hinterm Ohr)* O je –!
Portner	*(schaut ins Buch)* Des war vor seiner Eh'.
Michael	Ja, und –?
Portner	Sein Weib hat er geliebt von Herzen und hat ihr's Leben erfüllt mit großem Glanz. Des macht viel wieder gut.
Michael	*(fassungslos über so viel Vergebung)* Aber 's sechste Gebot!!
Portner	Ist vor der Ehe kein Dogma, sondern lediglich eine Empfehlung.
Michael	Ah! – D' Söllerin hat si' bös runterkümmert hernach, z'wega dem!
Boanl	*(triumphierend)* Des is ihra Sach – und ihm nicht betreffend! *(er hüpft vor Freude)*
Michael	*(wütend)* Is des aa no a G'richt, wo a jeds spricht für den Sünder?!
Boanl	*(provokant)* Na und – na und? Habt's ihr die Barmherzigkeit da heroben abg'schafft, oder was?
Michael	Ein Mensch, der das sechste Gebot verletzt –!
Boanl	*(halblaut)* – is wie a Erzengel, der Karten spielt – oder?
Michael	*(ebenso)* Halt's Mäu!
Portner	*(hat das Buch genommen, blättert es durch)* Wenn ma si alles so oschaugt –? Oa Aug kunnt ma zuadrucken, moan i!

Michael	*(deutet heftig auf eine Stelle im Journal)* Da –? Bei dem aa?? –
Portner	*(liest, schaut Brandner vorwurfsvoll an):* Naa, des is arg. *(geht rasch ab)*
Boanl	*(hektisch)* Was is arg? Und wie arg? Und mit wem?
Michael	Falsch g'spielt, betrogen – an Vorteil erlangt von unglaublicher Größ'!
Brandner	*(senkt den Kopf)* Ja, i woaß.
Boanl	*(rennt aufgeregt von einem zum anderen und hat Angst)* Was is des? Was war des?
Brandner	*(winkt ab und sagt leise)* Lass 's gut sein, Boanlkramer –. Des is amal so.

Der Portner sieht Michael nachdenklich an. Alle warten gespannt auf seine Entscheidung. Aber er sagt nichts. Er nimmt nur das Journal an sich und geht wortlos in den Hintergrund ab. Der Boanlkramer sieht alle Felle davonschwimmen.

Boanl	*(lamentiert)* Naa, naa – tut's mir des doch net o! Mit wem hat er denn falsch g'spielt?
Michael	*(donnert)* Na, mit dir –!
Boanl	*(erschrickt)* Mit'n Grasober des?
Michael	Versündigung gegen Menschengebote mag hingehn – aber betrügen den Willen des Herrn –? *(Große Pose)*
Boanl	*(jault)* Da war i doch der Depp! I hab mi o'maukeln lassen. Lasst's mi doch den Deppen sein, i fleh' di an!
Michael	*(wendet sich grandios ab und nimmt eine neue Pose ein)* Des ist net dei Sach.

Boanl	*(desolat)* Na trifft mi's G'richt – bloß wega dem Kerschgeist? Michael – huif! *Michael sieht ihn nur streng an.* *Der Boanlkramer tritt zu Brandner.*
Brandner	*(leise)* Schad'.
Boanl	*(in tiefer Resignation)* Alsdann – wenn's anderst net sei ko, Brandner, – die Stund is um. Fahr ma z'ruck.
Brandner	Naa, Boanlkramer. Du gehst net vors G'richt. I nimm 's Fegefeuer auf mi.
Boanl	*(glaubt sich verhört zu haben)* Du willst di opfern? Für mi?
Brandner	*(winkt ab)* Geh – opfern. Büßen muss i amal – geh i halt glei – warum net. Hab i's g'schwinder hinter mir.
Boanl	Und verschenkst fuchzeh' Jahr?
Brandner	*(lächelt und zitiert)* Winter – Eis, Kält'n –? *(winkt ab)* Is besser a so.
Boanl	*(voll Mitgefühl, aber sehr erleichtert)* Trag mir's net nach, dass d' meinetwegen –. Ohne den Grasober wärst glatt neig'rutscht ins Paradies.
Brandner	*(lächelt ihn an)* Trag mir du's net nach, dass i dir so viel Schererei g'macht hab. Und dank dir für den oan Blick da 'nein. Der war fei alles scho wert – des hast guat g'macht, guat –! Heiliger Michael, wenn i's recht g'lernt hab, weist ma na du jetzt mein Weg.
Michael	A so is's.
Brandner	Pack ma's?

Der arme Sünder Brandner winkt noch einmal mit einer kleinen Handbewegung traurig lächelnd zum Boanlkramer hinüber, und der grüßt ebenso zurück: Zwei gute Spezln nehmen Abschied voneinander. Michael reckt sein Flammenschwert empor und schickt sich an, in erhabener Pose voran zu schreiten. Brandner merkt, nun wird es ernst. Den Hut in der Hand, alt, mit gebeugtem Rücken in demütiger Büßerhaltung will der dem Geharnischten folgen. Da wird plötzlich Unruhe in einiger Entfernung hörbar. Von weit her ertönt hallend die Stimme der Marei, die aus Leibeskräften ruft. Irritiert bleibt Michael stehen und sieht sich um. Auch Brandner unterbricht seinen Büßergang.

Marei (entfernt) Großvater – wart! – Großvater –! Es geht anderst –! Botschaft – Botschaft –!

Selige kommen auf die Bühne gelaufen, in bester Laune. Marei läuft herein und umarmt Brandner, der mit Michael stehen geblieben war.

Marei Großvater – der Portner kommt her – wart!

Michael (ingrimmig) Was is des für a Ramasuri, in dera ernsten Stund?
Der Portner tritt ein, kämpft mit dem Lachen.

Portner Also, passt's auf – jetz is's a so: I hab's vorgetragen, die Sach, – ganz oben – (er muss lachen)

163

Michael   *(fassungslos)* Was gibt's da zum Kudern?

Portner   Alle drei waren s' beinand – und
d' Maria! Und g'sagt ham's, des is a ganz
a b'sunderer Fall, der net amal in ihre
heiligen Gebote vorg'sehen is, dass oaner
den Tod beim Kartenspiel b'scheißt!
*Der Portner lacht, dass ihm die Tränen
herunterlaufen. Die Seligen beginnen
mitzulachen.*

Michael   Eine bläde Lacherei! Des is ernst!

Portner   Naa, ernst is's nimmer. Fegfeuer
braucht's net – is scho alles vergeben.

Michael   *(fassungslos)* Vergeben? – Warum –?

Portner   *(der vor Lachen kaum reden kann)*
Weil – die ham – die ham – die ham ja
so vui g'lacht!

Michael   G'lacht?

Portner   Und wie! – Vor allem über'n Kerschgeist! – D' Maria lacht no –!

*Nun ist kein Halten mehr. Der Himmel biegt sich vor
Lachen. Der Portner läuft ganz rot an und wischt sich
ein übers andere Mal die Tränen aus den Augen. Nur
der Boanlkramer zieht ein etwas grämliches Gesicht,
während er klägliche Versuche macht, mitzulachen.
Michael und Brandner bleiben ernst, jedoch aus verschiedenen Beweggründen. Himmlische Musik hat
eingesetzt und begleitet die Szene. Mitten im allge-
meinen Gelächter kommen Turmair und Nantwein
geschritten. Sie tragen das Journal, in dem Brandners
Leben verzeichnet steht, überreichen es dem Portner,
der seine Brille aufsetzt und zu lesen beginnt. Brand-*

ner kniet nieder, das Gelächter verklingt. Es wird
still. Nur die leise Musik tönt fort.

Portner   *(liest, in ruhiger Heiterkeit)* »Brandner,
                  Kaspar Egidius, aus Albach gebürtig,
                  hat redlich gelebt und nur selten harm-
                  losen Schaden getan an Menschen
                  und niemals an Seelen. Heimgerufen im
                  73. Lebensjahr –« (gibt Turmair die
                  Feder) Jetz schreib! »Durch List noch
                  verzögert, welche verziehen durch
                  Gnade – heimgekehrt in Gottes ewiges
                  Reich im sechsundsiebzigsten – erwartet
                  vom Marei, seinem Weib – seinen
                  Eltern – und der ganzen himmlischen
                  G'moa zur herzlichen Freud.«

Brandners Familie kommt gelaufen und umarmt den
lange Erwarteten. Brandners Frau und seine Mutter
sind so jung wie das Marei, Brandners Vater ist Kas-
pars Ebenbild in jung, woraus hervorgeht, dass alle
sich für die Jugend entscheiden, wenn sie das Alter
wählen können, das ihnen am besten gefällt. Die rüh-
rende Gruppe des Wiedersehens wird von den Himm-
lischen voll Rührung betrachtet. Dann gibt der Port-
ner das Zeichen zum Aufbruch. Aus Wolken taucht
das große Himmelstor, der Dießener Hochaltar, auf.
Die Flügeltüren öffnen sich. Dahinter sieht man im
Paradies eine unübersehbare Menge seliger Bayern,
die sich zu Brandners Empfang drängen und den
Weg säumen, der hinter dem Tor höher hinauf ins
Licht führt.

Brandner *(strahlend)* Traudl – Mutter, Vater – ihr
seid's alle da? Jetzt erst hebt sich das
Leben an – wie's ohne Beispiel is auf
dera Welt! – *(Unter Orgel- und Trompe-*
tenmusik setzt sich der Zug in Bewe-
gung. Der Portner kommt am grämlich
dreinschauenden Michael vorbei.)

Portner Geh, lach halt aa amal.

Aber Michael nimmt mit einem Ruck
seine trotzigste Pose ein, hebt das Flam-
menschwert und zieht beleidigt von
dannen. Der Zug schreitet himmelan. Im
Vordergrund bleibt allein und kläglich
der Boanlkramer zurück und winkt
mutlos den Seligen nach. Da teilt sich die
Menge. Brandner kommt zurück-
gelaufen und flüstert seinem Spezi zu:

Brandner Holst dir den Rest Kerschgeist aus meiner Hütten?!

Der Boanlkramer grinst und verbeugt
sich skurril.

Boanl Dankschön! Hab'n scho!

Er zieht die Flasche aus dem Gewand, trinkt und
winkt Brandner nach, der zurückläuft auf seinen
Platz im festlichen Zuge. Während sich das himmli-
sche Tor hinter den Jenseitigen schließt und die Musik
einen strahlenden Höhepunkt erreicht, wendet sich
der Boanlkramer um, blickt ins Publikum, verneigt
sich und macht eine Geste, die besagt: Na also –!

Vorhang

Verzeichnis

schöner alter bairischer Wörter und Ausdrücke, die in diesem Buch und sonstwo vorkommen und die nicht vergessen sein sollen.

a, eine, eine, vor einem Vokal – an', a Kua, eine Kuh, an' Alm, eine Alpe.

aa' = auch, vor einem Vokal wird ein r angehängt: aar.

aaba wer'n bezeichnet das Weggehen des Schnees von den Bergen, z. B. 's is zeiti' aaba wor'n, der Schnee ist bald (frühzeitig) weggegangen. An' aabene Fleck, ein Platz, wo der Schnee weggegangen ist, auch aper geschrieben.

abi = hinunter, hinab.

a diam = mitunter, zuweilen.

a' draht = abgefeimt.

allbot = jeden Augenblick.

ămāl = einmal; auf amal = auf einmal, d. i. plötzlich, bei besonderer Betonung sagt man auch auf oamal und als Zahlwort oamal.

Antn, Aantn = Enten.

aper (siehe aaba).

a' sitzn = auf dem Anstand sitzen.

ausg'stellt = entlassen.

außi = hinaus.

Baam = Baum.

Bichl = Hügel.

Bisch = Büsche.

bischpern = flüstern.

Bix = Büchse, Gewehr.

Blasn = Gruppe von Menschen, Clan, Familie.

bliatn = bluten.

Bliemi = Blume, Blümchen, eigentlich Bleami, wird ähnlich ausgesprochen wie im Französischen Blin mit angehängtem mi.

bloach = bleich.

Bloama = Blumen.

blob = blau.

Blocha, Blache, großes Stück Leinwand, womit z. B. die Lastwägen bedeckt werden.

Boar, Boarn = Bayer, Bayern.

Bog'n (in Bog'n) in der Umgebung.

Boion, eine Felsenkuppe.

Bolandi = ausgenützter Mensch.

Boschn = Gebüsche.

brinnrot = brennendrot.

broat = breit.

brocka = pflücken, Brocka = Brocken.

Buacha-Miedei. Miedei, Miadei, ist das Diminutiv von Maria. Ein Zusatz wie Buacha (von Buche) kommt bei Namen oft vor und bezieht sich teils auf den Namen des einer Familie angehörenden Hauses oder Hofes, teils auf Eigentümlichkeiten einer Person und ihrer Neigungen. So Mankeifranz, Murmeltierfranz, Gambs-Urberl, Gämsen-Urban etc., von der Vorliebe der Genannten für die Murmeltier- oder Gämsenjagd.

buachas = buchenes, von einer Buche.
Buschn = Strauß.

Cammedi = Komödie.

Daama = Daumen, 'n Daama halt'n = den Daumen
  halten. Eine Person hält sich den Daumen, um einer andern, besonders beim Spiel, Kegelschieben,
  Scheibenschießen etc., Glück zu bringen, auch,
  Da'm'.
daasi = still aus Mangel an Offenherzigkeit oder
  Mut.
Daaxn = Tannengebüsche, auch Tannenzweige.
Dadädl = alter Narr, Greis.
dalket = ungeschickt.
Dampes, Daampes = Rausch.
dăthō' von dăthoa = zuwegebringen.
dăwischt = erwischt.
dengerscht, dengert, daächt = dennoch, doch.
derblecken = verspotten.
derfeit = verfault.
derglengt = erlangt, erreicht.
dernachst, danaaxt = neulich.
Dickel = Benedikt.
Dicket = Dickicht.
diem, diawein, an diem, an diawei'n = zuweilen.
Diendl, Deandl = Mädchen.
Dischkursi = Gespräch, Unterhaltung.
doppit = doppelt.
draahn, draaht = drehen, dreht.
drent, drentn = drüben.
dumper = dumpf, trüb.

169

ebba = etwa.

ebbas = etwas, auch eppes.

Eck, ein vorspringender Felsen, überhaupt ein Vorsprung einem Berge, Kuppe.

Ees, Enk = Ihr, Euch.

ehna, ähna = ihnen.

Ei' = Eile.

eifern = eifersüchtig sein.

ei'g'schpirrt = eingesperrt.

enkri, engeni = eure, von enk = euch.

erscht = erst, z'erscht = zuerst.

Fax'n = Späße.

feichte's = fichtenes.

feit = fehlt.

Felberbaam = Weidenbaum.

fercht'n = fürchten.

Firt, Fihrt = Fährte.

firti' = fertig.

flacken = liegen, lümmeln.

Fleimuatta = Schmetterling.

foal = feil.

frieg'n s' = fragten sie, würden sie fragen.

fuchti' = erzürnt, schmollend.

Fürter, Fürta = Schürze.

gaachest, am gaachest'n = am jähesten.

Gambs, Gambsei'n = Gämse, Gämsen (Diminutiv).

g'arwet = gearbeitet (g'arbet).

geh' = bald, oder »gehen«.

geit = gibt, es geit gnua = es gibt genug.

g'fibbert = gezittert aus Zorn.

Giez = Zorn.
Gischpi = schwächlicher Mann.
'glaabt = glaubt.
glanzed = glänzend.
gleimer, Komparativ von gleim = nahe. Wei gleimer –
  wie näher (auch dleim; Berchtesgaden).
Gmoa' = Gemeinde.
Goaßbock = Geißbock.
gon = gegen, gon Alma fahr'n = auf die Alpe ziehen.
graab = grau.
Graanln, so heißen die zwei Eckzähne in der oberen
  Kinnlade des Hirsches.
grea = grün.
gront = zankt, brummt.
Graffi = altes Zeug, Tand.
Grippi = Geripppe, auch als »Krüppel« verwendet,
  verächtliche Bezeichnung für liederlichen Menschen.
G'schmatz = Geschwätz.
g'schupft = drollig-närrisch, kapriziös.
gwaand't (von Gewand) = bekleidet.
G'wappelter = verächtlich für einen Mann der Ob-
  rigkeit.
G'wirkst = Verwirrung, Durcheinander.
G'wurl = Gewimmel.

Hagmoar. So heißt der stärkste Raufer eines Orts.
hantig = aggressiv, streng.
Harpf'n, Haarpfn = Harfe.
hebt = hält.
heili' = heilig, manchmal in der Bedeutung von gewiss, höchst wahrscheinlich.

hintlass'n = zurücklassen.

Hirgscht = Herbst.

ho' = habe, das o' wie im Französischen on.

Ho' = Hahn, Ho'falz = Auerhahnbalz.

hoagart'n, hoagascht'n, Hoagascht = auf Besuch zusammenkommen, in Hoagart'n oder Hoagascht geh' = auf Besuch gehen.

hoamli' = heimlich.

hoffa = hoffen, auch Stutzen des Wildes.

Ingreisch = Eingeweide.

Irger, irgst = Ärger, ärgste.

Kaaser, Synonym von Alphütte.

Kamb, Kampi = Kamm, verächtliche Bezeichnung für untüchtigen Mensch.

'keit, in dem gebrauchten Sinn = gestoßen, abi kei'n = herunterstoßen, ei'kei'n = einkeilen.

kent o' = zündet an.

Kini = König.

Kirter = Kirchweihtag.

klecka = ausreichen.

kloaleizi = kleinwinzig.

kloaweis = allmählich, nach und nach.

Klopfeter = Treibjagd.

Knicker = Geizhals.

ko' = kann.

koa, koani, koana = kein (koa wie das französische coin), keine, keiner. koa's = keines.

Krattler = Kleinhäusler, arme Leute, verächtlicher Ausdruck.

Kreister heißt das Bett einer Sennerin.

Krick'ln heißen die Hörner der Gämse.

kudern = lachen, kichern.

kunnt' = könnte.

Laab = Laub, in Laabern = im Laub.

Laab'n heißt im Gebirge die offene Galerie an den
   Bauernhäusern.

Laane = Lawine, und auch ein steiler Grasabhang
   (engl. lawn).

laar = leer.

lăbēt, lăwēt, im Spiel verloren sein, aus dem französischen la bête.

Lanks = Lenz, Frühling.

lasst vo' mir = verlässt mich.

leit = liegt.

loami', von Loam, Lehm, lehmig, langweilig, feig.

loant = lehnt.

Loda = Bursche, Leda = Burschen.

luag = schaue.

lust'n = gelüsten.

luust = horcht.

Mankei = Murmeltier, in felsigen Bauen lebend, daher Mankeiröhr'n.

Maschkra = Maskerade, Verkleidung.

Mauser = Geier.

meinoad = bei meinem Eid.

Moda = Marder.

muattasloa' = ganz allein, mutterseelenallein.

naacheter = näher.

Naagerl = Nelke.

173

nächst, z'nachst, z'naaxt = zunächst, naaxt auch für
   neulich.
narret = närrisch, unvernünftig.
neamd = niemand.
nett, nettet, als Adverbium = richtig, akkurat. Ho's
   nett so gmoa't = hab' es gerade so gemeint.
ninderscht = nirgends.
Noagl, noagt = Neige, neigt.

oaschick = einzeln.
Obstler = Obsthändler.
Oka, ein griechisches Maß, $2^1/_2$ Pfund.
o'maukeln = anschwindeln.

Pasch = Würfel.
Pfeifei = Pfeifchen.
pfüat = behüte.
plausch'n = schwätzen.

raaffa = raufen.
Ramasuri = Aufregung, Durcheinander.
rarigist = rarste.
Rech, Räach = Reh.
Recha = Rechen.
Rechblatter = Rohrinstrument, Rehfiepe.
ro = herab.
Roas = Reise.

Schaln für Fährte.
Schießet = Schießen, Scheibenschießen.
schirfer = schärfer, auch vorzüglicher.
Schlanggl = Schlingel.

Schlankl = Schlitzohr, listiger Mensch.

schlauderisch = leichtsinnig, übereilt.

schmatzen = reden, schwätzen.

Schneid = Mut, auch Bergrücken; schneidt = schneidig, mutig.

Schraakn = einzeln stehende oder vorspringende Felsen.

schutzt = wirft, von einem nicht heftigen Werfen, beim Tanz auch: in die Höhe schwingen.

Seand, Plural von Sand, Anhäufungen von Gestein und Geröllen unter den Felswänden.

Seidat = Soldat.

seller = derselbe, der gewisse.

selles = solches, auch jenes.

selm, je nach der Verbindung damals und selbst.

spediern = transportieren.

sper = mager, verhungert.

staad = still, leise.

strawanzen = schleichen, lungern.

Süh = Söhne (Einzahl Suh).

Summa = Sommer.

thoa, toa = tun.

tratzen = auf den Arm nehmen, verspotten, ärgern.

trenzen = weinen.

Toal = Paket Karton (talon).

Trumm = Stück.

Tuscha, tuscht = Knall, knallt.

unasteh' = verstecken.

verdraaht = verdreht, auch für falsch.

verg'halten = aufgehoben.

Verschmach = Verdruss.

verspunna, nit verspunna = pfiffig, schlau.

verwind't = verwindet, verwinden, durch den Geruch wahrnehmen in der Jagdsprache.
voneh' = ehe.

waar = wäre.
wampet = dickleibig.
Wei' = Weib; a Wei' heißt auch eine Weile.
weitschichti' = weitläufig, ausgedehnt, groß.
wiescht = wüst, hässlich.
wini = wütend.
wirma = wärmen.
woana = weinen.
woaß = weiß, von wissen.
wohlfi, wojfi = wohlfeil.
woltern, wojtern = wohl; kommt auch als Adjektiv vor, a wolterni Bix = eine gute Büchse, a wolterner Steiger = kräftiger Bergsteiger.
wurert = würde (Konjunktiv).

Zeiserl = Zeisig.
ziagt = zieht, geht.
zünfti = rechtschaffen, gut, richtig.
Zuawag = Draufgabe, Zugabe.